対詩
2馬力

まえがき

対詩の〈タイ〉は対立や敵対の対ではなく、応対や接待の対、むしろ対句の〈ツイ〉、英語のペアに近い感じですね。基本的には「対面」して二人で詩を作る具体的な空間＝座があるほうがいいのですが、ファックスを使ったり、メールでやりとりすることもあります。

覚和歌子さんとは写真映画「ヤーチャイカ」をはじめ、レクチャー、リーディングなどで共同の仕事をしていく過程で、自然に対詩を試みるようになりました。一人で書く詩と違って対詩は二人で作るものなので、言葉に動きが出てきて、そこにドラマが生まれることがあります。それを感じてもらうには、活字よりも声がいいのではないかと思って、聴衆の前で対詩を声に出して読むこともしてきました。

そのうち「座」を二人きりの空間ではなく、普通に人が暮らしている空間にまで広げてみようということになって、ファミレスのざわざわした席で試みたりもしたのですが、けっこうそういう場所でも書けることを発見して、それがライブ対詩に発展していった面があると私は考えています。

詩はふつう独りで書くものですが、そのとき作者はどこかで読者を意識していると思います。独りで書く時には見えない読者が、ライブ対詩では目の前に見えている。その違いは小さなものではありません。座が舞台になり、詩人はパフォーマーに近い存在にならざるを得ないのですが、私たちはそれにスリルを感じ、また新しい楽しみも発見しています。

谷川俊太郎

もくじ

対詩　2馬力

両手のひらの星くず

1

たんすのひきだしをあけたら　夜があふれてきた
おばあちゃんからおかあさんにつたえられた夜
すくいとった両手のひらに　こぼれて落ちる星くず

覚

2

十三夜の月の下で富士ははにかんでいた
少年は思った　ぼくはこの山に登らない
毎日この山を仰ぎ見ながら裾野で暮らしてゆく

俊

3

旅人が目印にするのなら　できるだけ大きなものがいい
じっと動かないものがいい
目をやるたびに心が晴れ晴れとして
わけもなく泣きたくなるものがいい

覚

4

大伽藍《だいがらん》に満ちるパイプオルガンの音が途絶えたとき
幻のように虫の音が聞こえてきた
どちらも静けさから生まれてきたものだが
その故郷は遠く離れていた

俊

5

雨の降る前には決まってざわめく心
まだ起こっていないこと　起こるかもしれないこと

起こってほしくないこと　起こりえないこと
ばかりを思い描いて　とうとう耳を塞ぐ
覚

6

幼いころ味わった気持ち
いまは言葉にできる
出すあてのない絵葉書に書きつけて
俊

7

ひらがなからは　なぜ音が聞こえるのだろう
漢字からは　音より先に意味が届くのに
日本語を愛しきるために
一度の人生で足りないのは　詩人だけではないはず
覚

8

「あ」から「ん」までのあいだにわたしたちのおもうこと
いうことかんがえることかくことのすべてがあって
わたしたちは「あ」から「ん」までをいまもたびしている

俊

9

大好きなみちくんの大好きな絵本のおはなしを全部おぼえた
目をつぶってそらで言うと　お話が私のものになったみたい
お話と私がひとつになったみたい
みちくんもっとおしえて　みちくんの好きなもの
私はみちくんの世界になりたい

覚

10

そよ風のように触れてきた指の記憶が
不意に宇宙船内でよみがえった

重力にしばられないここで
愛の重みを初めて知る
明日地球に還る
俊

11

生き変わり死に変わり　何度となくあなたに出会った
縁《えにし》というものを科学することができたとして
めぐり会い見つめ合う理由を見つけられたなら
私たちはもう二度とこの星に生まれることはないだろう
覚

12

遠くから産声が聞こえてきて部族の長《おさ》は目覚めた
草と獣と鳥とヒト　いのちの気配が大気を満たし
若い母親の顔に浮かぶ笑みとともに大草原の夜が明ける
俊

産声にひそむ暗号

1

星空の問いかけに
朝焼けが答えている一日の始まり
産声にひそむ昔ながらの暗号を
知らずに歌っているのは誰？　俊

2

うたってさ
うたってないくうはくのところのほうに
うたがあるんだって
ままはかしゅなんだよ

こもりうたせんもんの　覚

3
口げんかしてたヒロシが突然黙った
なぐりかかるかと思ったら
何も言わずにぼくの目を見た
ぼくもヒロシをじっと見た　変な気持ち
泣きたいような　笑い出したいような　俊

4
うつむいたひざの間に見つけた水たまりに
空が映り込んでいる
素直になったらいいことありますか　覚

5

どんないいこと書いてあっても本は本
ページから疲れた目を逸らすと
旗を先頭に観光客の一隊
耳慣れない言葉のお喋りが音楽のよう

俊

6

意味を濾過《ろか》したあとの上澄みにも
色と匂いは残ってしまうの
痛々しくても
たましいはむきみです

覚

7

ヘイトスピーチに人は傷つく
それが自分に向けられたのではないと分かっていても

憎むのは言葉を知ってしまった人間だけ
松の木は他の松の木を憎まない　俊

8

愛の反対語が無関心なら
憎んでいる方がまだましなのだろうか
という工事中の地下鉄の壁の落書き
あ、三時限目がはじまっちゃう　覚

9

青空市で古い外国の絵葉書を五十円で買った
空と海を分かつ水平線しか写っていない
達筆な英語の文面の最後の「Love」だけ読めた

俊

10

港町の漁師は詩人を兼業している
どっちもあきらめられないんだ楽しくて
君たちも天職を見つけなさい
暮らすことと生きることが重なるような

覚

11

くるくる地球儀を回していると
どこへでも行けるような気がしてくるけれど
夢は好んで自分の作った迷路に迷いこむ
出口はいつも朝が用意してくれている

俊

12

トーストとボイルドエッグとサラダとコーヒー
平らげたあと

ナプキンで口を拭うみたいな言い方だよね
今の「好きだよ」って台詞　覚

13
初舞台は村人のひとりだった
雪国の無口な働き者の嫁
何を言われても頷くだけの役
沈黙は饒舌よりもはるかに難しかった　俊

14
もの言わねえ分　いろいろ考えてるんだべ
頭の中身でこねくってる言葉の数が
おめの業《ごう》の深さだど　覚

15

スマートフォンの小さな画面に
フォントがひしめいている
声はどこへ行ってしまったんだろう
変に静かな通勤電車の窓に朝陽が眩しい　　俊

16

投げた林檎の影だけが手のひらに残って途方に暮れる
かたくて酸っぱいつぶてにした心のざわつきを
できるだけ遠くへ送り出してしまいたかったのに　　覚

17

リュックを下ろして大きく息を吸ってヤッホーと叫んだ
深い谷の向こうから思いがけず谺《こだま》が返ってきた
そのあとの静けさに心は体ごと溶けてしまった　　俊

18

ぶらんこは待つための乗り物
いつか出会うとわかっていたから
起こることの正しさにまかせて
小さくうたっていた　覚

19

母は泣かなかった　父が泣いた
部長が言った　白無垢が人生をリセットすると
そんなこと出来っこないと腹ン中で思う
私は私をやっていくだけ　俊

20

成田からの帰り道
虹が二重にかかった
普通はあの向こうを目指すんだろうに
しあわせに見送られてる俺ってどうなの

覚

21

眉と目と鼻と口をバラバラにして
ピカソは子どもを真似て顔を新発見した
他人の顔も部品にまで分解すると
自分の顔と変わらない

俊

22

明け方目を覚ましたら
君が隣で天井を見つめていた

長距離トラックの音がする
カーテンを照らす液晶の04:30
覚

23
見ることで知る　聞くことで知る
嗅ぐことで触れることで
愛することで知る　だが
知れば知るほど未知は深まる
俊

24
チチカカの水底に眠っていたピューマ
語り部はもういないので
物語は私たちで作るしかない
模倣でも妄想でもねつ造しても
覚

25

アルバムの中で三歳の私が
九十歳の曽祖母の膝に座っている
ついこの間のような昔
まだ過ぎ去ってはいない　　俊

26

つり革につかまりながら
皿を洗いながら
かぎ裂きのような記憶に足をとられて
ふと声が出てしまう　　覚

27

不動産も不動ではないと知りながら
派手なチラシを見ずにいられない

未来は床暖房のリビングルームに
意地悪い顔で隠れているのか　俊

28

ここではないどこか
今じゃないいつか
自分じゃないだれか
夢を見ながら
現実《うつつ》を生きていない私たち　覚

29

「無事男児出産」とメールが入った
一昨年いやいや夫と離島に引っ越した友だち
酒が強くなったと言っていた

飲みながら漱石を再読してるとか
俊

30
気まぐれマイペースと決めつけて笑うなら
私は猫でもいいです
ああ夜空に猫座がないのはなぜなんだろう
星の屑なんて呼ばれ方そっちのけできらめいてる光
覚

31
解釈説明主張に出まかせ
無数のコトバが飛び交うこの国
睦言《むつごと》のあとの濃い沈黙にふさわしいのは
記憶にひそむ葉擦れせせらぎ
俊

32

大きな川の流れる町に車を飛ばした
学校帰りの小学生の男の子が
まわりの景色をセピア色にして笑いかけてきた
あなたはちっとも変わらないんだね
右の口元にえくぼができるのも

覚

33

捨てられなかった若いころからの旅の地図
思い切ってどさっと燃えるゴミに出した
迷ってもいい思い出さなくてもいい
生きる芯さえぶれなければ

俊

34

木枯らし一号に向かって歩くあなたの背中に
いい背中だろ?と書いてあるから声はかけない
アスファルトにレジ袋がのたうちまわっている
大丈夫　私にはまだこの夕焼けが残ってる

覚

35

人混みの中にいるその一人
地球上の無数の他人に紛れる一人を
その一人だけを私は来る日ごとに発見し続ける
ゆれながらつまずきながら

俊

36

きのうえのほうから　はのいろがかわっていく
うごきつづけるすべてのものをうごかしている

そのちからにつらなり
ぼくもいつかうまれていく
あなたにあいされる　かけがえのないものとして

覚

〈座談1〉

「声」と「文字」

編集部（以下、編） これまでに何度も「連詩」や「対詩」に取り組まれている谷川さんと覚さんですが、今日はお二人に、連詩や対詩をどうとらえていらっしゃるか、またお二人が普段どうやって詩作に取り組まれているかについてもお伺いしてみたいと思います。というのは、詩の書き方、詩への入り方がお二人それぞれ違うんじゃないかと感じるんですね。

谷川 覚さんが他の日本の現代詩人と違うのは、ブッキッシュじゃなくて、声から入ってるというところだよね、まず。

覚 そうですね。「一期一会」感覚というか、「そのとき声に出してしまったものがすべて」みたいなことと、もう一つは「言葉において、声のほうが文字よりもえらい」と確実に思っていますね。

編 同じ言葉でも声と文字は別物ということですか？

覚 別物というより、文字は「意味」に近いけれども、声は意味を超えて「波動」そのものだということです。波動のほうがより真実で、リアリティがある。

編 情報量が違う。

覚 そう、逃げられない。声には向かい合うしかないありのままがある。そこがエキサイティングで。ライブ対詩をやりたかったのも、現場の波動にどれだけ向き合えるものなのかと思って。

谷川 ライブっていうのを一番最初にしたのは？ 歌でも朗読でも何でもいいんだけれど、つまり具体的な他人を前にして自分の詩を声に出して発表したのはいつ頃だった？

覚　小学校二年の時ですね。オルガンでね、庭の赤いバラと白いバラの歌をつくったんです。それを家族の前で発表したのが最初ですね。

谷川　残ってる？　それ。

覚　残っていないんですよ！　結構大人になるまで覚えていたんですけれど仕事をうわーってやってるうちに忘れちゃった。

編　そういう経験が後々の活動のきっかけになっているのかもしれないですね。

覚　シンガー・ソングライターのはしりみたいな活動をしていた、十三歳上の母方の叔母の影響は結構あるんじゃないかな。ラジオに出て自作の歌を歌ったりしていた人で。

編　谷川さんはそういう経験はなかったんですか？家族の前で詩を読むとか……。

谷川　全然そういう雰囲気の家庭じゃなかったね（笑）。初めて人前で朗読したのはワシントンD.C.の国際詩祭だったんですよ。他者との関係っていうのは、現代詩の世界ではずっと問題になっていると思うんだけれど、僕は最初からお金をもらわなきゃいけないという気持ちがあったから、読者をすごい気にしていたでしょう？　だから人前で朗読する時も、ちゃんと聞いてもらわなきゃいけないっていう意識がすごく強くて、ワシントンで朗読した時は、緊張で胃が痛くなって大変だったんです。まあ、最初からちょっと人数が多すぎたこともあるし、聴衆が外国人だったっていうこともあったんですけれど。

覚　私、それ聞いてすごく安心しました。俊太郎さんにもそういう時代があったんだなあと思って（笑）。

谷川　もちろんですよ。やっぱり最初は緊張してた。三十代の頃ね。でも、わりとあっという間に図々しくなったけどね（笑）。結局、覚悟の決め方だったんですよ。

編　谷川さんの世代だと、聴衆の前とか本屋さんとか、そういう場所で積極的に朗読をしている詩人っていうのがそもそもいなかったんですよね。

谷川　ほとんどいなかった。朗読というと、「NHKの資料室なんかの、すごいでっかいレコードに声が残っています」みたいなイメージでさ。朗読って、「声の記録」という感じだと思っていたんですよね。だからとらえ方が今とは全然違う。

編　覚さんが朗読を始めた頃は、詩人が観客の前で朗読をするのはわりあい一般的になっていたんですか？

覚　そうですね。ちょうどニューヨークで「ポエトリー・リーディング」のムーブメントが言われ始めた頃、それを知らない私も日本でポエトリー・リーディングを始めていて、「あ、これは地球規模のシンクロニシティだ」って思ったんです。九三年とか、そのくらいの時期ですね。俊太郎さんも、DiVaで活動を始められた頃ですよ。

谷川　そうか。結構あとなんだね。たとえば秋山基夫さんたちがやっていた、ほんやら洞の関西フォークと連動したリーディングなんていうのは全然知らなかったんだ。

覚　私はまだ子供でした。二歳とか三歳の。

谷川　あんまりそこを強調しないでください（笑）。

覚　当時俊太郎さんは「詩のリサイクル」っていう言い方をしてましたね。

谷川　してましたね。

覚　DiVaの活動を始められた頃が、ちょうど俊太郎さんが詩を書かなくなった時期で、それで「リサイクル」って。

編　いわゆる「空白の十年」ですね（笑）。

谷川　そうそう、意外と書いていた「空白の十年」ね（笑）。

小説は「横の流れ」、詩は「垂直方向の心の動き」

編　谷川さんが、覚さんの詩を初めて知ったきっかけはなんだったんですか？

覚　物語詩をお見せしたのが最初です。俊太郎さんと初共演するライブを前提に、自分がこういうものを書いているということの紹介作品として「これで何が一緒にできるでしょう？」という相談のために送ったんです。

谷川　そうだよね。初めて一緒にライブをやったのは……。

覚　二〇〇一年の十二月に、石川県の小松でやったのが最初ですね。

編　じゃあ、最初からお二人が共演したのはライブ、音楽を介してだったんですね。

谷川　そう。だから相当他の詩人とは違うんだよね。ふだんは雑誌を通してとか、活字メディアを通して他の詩人と出会うことが多いから。

編　覚さんの物語詩をお読みになって、どんな感想を持たれましたか？　覚さんは自由詩であっても、声に出すことをすごく大事にされて詩を作っているという印象があるんですけれども。

谷川　活字になったものを読んだときには、声に出す、出さないというよりも、「物語詩をメインに考えている」ということのほうが印象的でしたね。それは現代詩にはない発想だったから。いわゆるバラード的なものというのは、みんなが書いてもあんまりピンとこなかったし、数も非常に少なかったでしょう？　そうした現代詩の状況の中で、覚さんは一般の読者にも通用するような物語詩を書いていたんですね。あとで覚さんの本のあとがきを書くことになったときに、まとめて物語詩を読んで、やっぱりこの形はすごく面白いと思ったんです。

編　谷川さんはその当時はまだ、物語詩はあまり書かれていなかったんですか？

谷川　ごく初期のものを除いては、あんまりそういう意識がなかったね。「トロムソコラージュ」とか、だいぶあとになってからですね。なんかあまりにも詩の評判が悪くて、詩の読者が少ないから（笑）、それに比べてなんで小説っていうのはこんなに読者がいるんだろうと思って。それで物語という様式が自然に入ってきたんですね。

編　覚さんの中では、物語詩というのはわりと自然に出てきたスタイルなんですか？　今の谷川さんのお話によれば、現代詩の世界では他にあまり取り組んでいる方がいないジャンルのようですが。

覚　物語というか、神話をね、詩のかたちでやりたかったんです。小説はどうしても微に入り細を穿《うが》ちすぎるというか……読みながら「そこ、別に知らなくてもいい」っていうところまで説明されすぎていてまだるっこしいんですよね。文章の韻律で運んで行ってもらえるならまだしも、細かいことの説明なんかはつい読みとばしますもん。でも、物語を読みたいという普遍的な人間の欲求はあるだろうなと思って。だからそれを詩のかたちでやりたかったんです。しかもそれを声に出すライブステージとしてやりたかった。

編　谷川さんにとっても、覚さんの物語詩というスタイルは新鮮だったんですね。

谷川　うん、そうですね。

編　お二人の対詩作品の中には、物語的な要素もたくさん出てきます。「書かれていないけれど、実は設定は細かく決めている」と前に覚さんがおっしゃっていましたよね。小説は全部それを文字にしているけれども、詩の場合はそこは、詩人の中には設定はあるけれども、出てくる言葉としてはもっと違う形に……。

覚　音楽に近い。散文としての物語は設定と解説になってしまうけれども、詩はそうではないところにやっぱりいきたいんですよ。音楽にいきたい。

谷川　だから、小説が物語だとしたら、詩は「場面」だと思うんですよね、一つの物語の。普通の一篇の詩の場合でも、その場面の深さ、一場面でどれだけ深みにいけるか、みたいな。小説は横に流れていくんだけれど、詩の場合には場面は縦にいくんだよね。その違いはあると思います。

覚　詩はやっぱり垂直方向の心の動きですよね。音楽は時間芸術ですけど、垂直方向の精神性がある。とすると、やっぱりそこは詩と共通してるんですよ。

編　詩は小説よりも、やっぱりもともと音楽に近い。

覚　「詩（うた）」っていうくらいだから。音楽性ってイコール身体性で、それは私たちが身体を持って三次元で生きているっていうことに裏付けられていると思うんですよね。それが詩の一つの存在意味というか。

「私性」を手放す快感

谷川　対詩を始めたのはどんなきっかけだったっけ。

編　山梨のプラネタリウムで、谷川さんと覚さんの朗読会をやることになっていて、そのための対詩が最初、というふうに伺っています。

覚　はい。二〇〇七年か二〇〇八年だったと思います。私、最初は結構対詩という形式そのものに緊張して、現場のノリで作るみたいなことにちょっと慣れなかったんですけれど、二、三回で「あ、こういうことか」と。自分で言うのもあれなんですけど器用なんで（笑）、コツをつかんだんだと思います。

谷川　他者っていうものの存在を、現代詩の多くの詩人はほとんど無視して書いているって印象なのね。覚さんの場合、バンドで歌なんかも歌っているから、紙の上の文字だけで勝負してるのとは全然違う他者との関係っていうのがあると思う。

覚　うーん。ちょっと違うんですよね。それは私がライブの現場に慣れているからではなくて……なんかね、ある時期から、自分の「私性」みたいなものを手放す快感と、その充実感みたいなものを知ったからだと思います。

谷川　それは歌詞を書いてる段階とか、自由詩を書いている経過でとか関係なく？

覚　はい、関係なく。

谷川　じゃあ自分の書くものが全般的に変わったわけ。

覚　はい、変わったんです。

編　何かきっかけがあったんですか？

覚　ふふふふ（笑）。

谷川　これはなんかあるぞ、秘密が（笑）。

覚　秘密（笑）。女の厄年あたりの、三十一だったかな？　大失恋したんですよねえ。それで軽い鬱になって、いやが応でも自分の一生を振り返らざるをえなくなって、振り返ったときに、気持ちのエネルギーって世の中を循環しているんだなと思って。自分のところで溜めちゃうから鬱屈してそれが鬱になるということもわかったし。同時に、身体と（心と）言葉というのは不可分なんだということも学んだんです。それまではやっぱり自分のことを第一にしか考えてなくて、左脳の理屈だけで創作をしていた気がするんですね。考えてみるとそれ全然楽しくなかった。あの失恋経験があって、本当に創作することの歓びに出会ってしまったという感じですね。

谷川　それが物語詩を書くきっかけになったということはあるわけ？

覚　それは別に関係ないかな。

谷川　じゃあ、その前から物語詩は書いていたの？

覚　うーん、書いていないです、失恋後ですね。

編　脳の使い方が変わって、書くものも変わりましたか？

覚　もう全く変わりました。身体丸ごと、存在丸のまというのはつまり意識の深いところと同じ意味だと思うけど、そこに訴えてこないと面白くなくなっちゃった。

対詩は相手の言葉に対するリアクション

谷川　舞台上でインプロヴィゼーション（即興）ってしたことある？

覚　あります。

谷川　どうだった？

覚　えっと、セコかったです。（※この後、一大決心をしてインプロライブ詩作を行う。ステージ上のホワイトボードに観客からその場で挙がった三単語で詩作。質的には自分で納得のいく作品となった）

谷川　ね！　ほんと。

覚　俊太郎さんも以前に「詩のボクシング」で「即興はセコいんだ」とおっしゃっていましたけど、実際やってみて、やっぱりセコいんだなあと思いました。こういうふうになっちゃうんだ、って。

編　どういうことですか？　「即興はセコい」というのは。

覚　出来上がる作品として、質が低いということです。

谷川　絶対的に低いね。

編　やっぱり深いところに潜れないということですか。

谷川　そんなことは到底不可能ですね。ほとんどデマカセを言うしかないみたいな。

覚　でもライブ対詩ではあえてそれをやりたかったんですよ。まあ厳密に言うと即興じゃないけれど、即興みたいな厳しい環境条件を作って、どこまで詩を作るということに深く入れるかというのを試したかったんです。

谷川　でも一人じゃなくて相手がいるから、つまり相手からの反応で書けるというところが一人で即興するのとは全然違うんですよ。「詩のボクシング」はできている詩を声に出すだけだから。

覚　でも、相手がそう出るんだったらこっちはこう受けよう、っていうのはありますよね。

谷川　それは僕にはありましたね。複数の詩を手元に用意しておいて、その中からその場で選んで読んでました。なにしろ一回ごとに何人かのジャッジが点数をメモしてるわけだから、連詩、対詩とは違って相手の詩を受けて全体の流れをつくるという意識はなくて、ほんとにボクシングと同じで、ラウンドごとの点数の合計で勝ち負けが決まる、だから「詩のボクシング」はだんだん詩から離れて言葉の格闘技みたいになっていきましたね。ねじめ正一さんとの最後のラウンドは、テーマを商店街のクジ引きみたいに箱に手をつっこんで引いて、それがたまたま僕が「ラジオ」、ねじめさんが「テレビ」で、このラウンドだけはライブのアドリブでした。

編　対詩の場合は、二人で作品を作るという大前提があってのことだから、「詩のボクシング」とはまた全然、出てくる言葉とか相手への投げ方も違いますよね。

谷川　大分違うよね、心理的にもね。連詩の場合にはつまり、一つ前の人のを受けて、次の人に送るという運動があるわけでしょう。対詩の場合には「受けて送る、受けて送る」ということの繰り返しなわけだから、それがあるとないとでは全然違うんですよね。相手がいないとやっぱり言葉は出にくい。相手がいたほうが絶対出やすい。

覚　うん、そうですね。あと、対詩が連詩の発展系だと考えるならば、その場を大事にして、受けて、自分が作ったものに対して相手が作りやすいように自分のものを作るという心の働き、慮《おもんぱか》りがあるかないかというのが、「詩のボクシング」とまったく違う点ですよね。やっぱり「詩のボクシング」は「対戦」で、勝ち負けだから。

編　対詩の場合は、相手が変われば出てくる自分の言葉も全然変わるということですよね。

谷川　変わるのは確かですよね。

覚　自然に変わっちゃうんですよね。要するに、相手の言葉に対するリアクションだから。

編　相手の言葉に対して、「影響を受けていこう」というふうに心が開いているということですか？

谷川　「影響を受ける」という言い方がいいかどうかはわからないんだけれど、「これは俺の言葉だ！」「これはお前の言葉だ！」っていうふうに分けていないいんです。言葉ってもともと、絶対私有できないものなんですよ。だからそういう意味では、一人で書くときよりも一種の自由さがあります。

覚　そうなんですよね。だから私、対詩が好きなんですね。

編　さっきおっしゃっていた、「私性を手放す快感」が全開になるんでしょうか。

覚　うんうん、そこですね。そこに、どうしたって質的につまらないものは書きたくないし、フレーズの良し悪しを評価しようとする自分もいて、恥かくのやだなとか思ってるちっちゃい自我とそれを手放した上で起こることを現場に委ねる感覚と、その両方がせめぎあうから面白いんですよね。この究極の状況でどこまで力のある言葉が出せるかというのは、現場を信じてないとトライできない。現場を信じると思ってもみないことが起こるし。

谷川　そうそう、そこが面白い。古典的な連句の場合は、「座」っていうじゃないですか。連詩、対詩の場合には「座」とは言わないまでも、とにかく「場」が、一人で書いている時とは全然違う「場」ができるんですよね。

編　お二人とも、対詩を始められた時にはすでに「私性を手放す」ということの快感に目覚めたあとだったから、こんなにスムーズに対詩に取り組めているんじゃないかと思ったんですが、それについてはいかがですか？　さらっとおっしゃっていましたけれども、「私性を手放す」って、結構難しいことだと思うんですが。

谷川　僕の場合は出発がもう、他の詩人たちみたいに自分を主張する仕方じゃなかったんですよ。「社会の歪みをどうにかしよう」とか、そういうイデオロギー的なものもなかったし、わりと恵まれて育ってたから自己表現というものが大事じゃなかったわけ。でもほとんどの人にとっては、自己表現はやっぱりすごく大事だったんじゃない？　だから自分では意識していなかったけれど、最初っから、糸井重里の言い方を借りれば「エゴが薄い」わけ（笑）。

編　覚さんの場合はどうでしたか？

覚　私はあの大失恋まではやっぱりいかに自己表現をするかというところで創作してた。

編　谷川さんは、何かそういうきっかけはないんですか。

谷川　失恋とか？（笑）ないですね。でも詩を書き始めてわりと初期の頃から、商業的な注文を受けたということは大きいかもしれない。もしこれが詩の雑誌だったら、やっぱり私性を出して自己表現をやっていたかもしれないけれど、商業的に原稿料がちゃんともらえて、しかもそれが商品の宣伝の雑誌だったりすると自分の出しようがないわけじゃないですか、そこでは。だからそういう経験が、自分の詩に影響しているというのは確かですね。

覚　そうしてみると、アートとしての詩と、エゴと、共有性という問題が出てくると思うんですけれど。現代詩はアート寄りで、共有っていうことをあんまり考えていないでしょう？

谷川　その場合の「アート」というのは、わりと作品が自立してて、他者をあんまり気にしていないっていいう意味での「アート」？

覚　うん、まあ言ってみれば。読み手側に立つ視点がないというか。おもねるんじゃなくて。

谷川　確かに技術偏重と言えばいいか、詩人たちが内部でなんかいろんな詩の技術、「アート」を競い合っているよね。

覚　「私が屹立《きつりつ》する」っていうことがすごく大事というか、「私」がどういう表現をしているか、そのマッピングというか、位置取りが大事というか。

谷川　僕の言葉で言うと、つまり言語本位でみんな書いてるんだよね。僕はやっぱりそれだけじゃまずくて、作者の生活とか生き方というものが絶対なきゃいけない、というふうに思ってるんだけれど。

覚　そこで共通するのは、身体性を通した三次元との結びつきっていうことなんですよ。

谷川　ああ、はい。だから現代詩年鑑なんか見ていても、もう本当に教養があって、言葉もいっぱい知っていて、そういうものの組み合わせで書いている人とか、むしろ反対に「なんかこいつ、詩人なのにほんとにサラリーマンしてるなあ」という人とかいるわけだよね。それから、「この人、すごく家族を大事にしているなあ」とかさ、そういうのが見える詩人もいるわけ。それがいわゆる生活べったりの詩だったら現代詩としては全然面白くないんだけれど、普通の暮らしの引力があるほうが詩としてはいいと僕なんかは思っちゃうんですよね。アカデミックな感じがしちゃうんだよね、言葉ばっかりで書いてる人の詩を読むと。

編　読者不在という以上に、そもそも想定している読者がかなり内側の特定の層に限られていて、そこに向けて書いている、っていう感じがしますよね。それに、詩の言葉と、普段の自分が使っている言葉とが分離している人って多い気がするんですが、お二人の場合はどうですか？

覚　自分では違わないと思っていますけどね。

谷川　僕はつながっていると思っているし、それを利用していますね。現実の日常的な言葉を詩に入れたりしているから。

編　お二人の対詩を読んでいると、「あ、こっちが谷川さんだな」とか「覚さんだな」とか、なんとなくわかりますよね。覚さんらしい言い回し、谷川さんらしい言い回しというのがそれぞれあるというか……。でも、たまにどちらの作かわからないときがあって、それがまた面白いですね。

覚　そうそう、たまにどっちのだかわからなくなるときがあるねって、この間もそんな話をしていたんですよね。

谷川　そうそう（笑）。

対詩は「合作」ではない

編　対詩という形式だと、一番たくさん組んでいるのは谷川さん・覚さんの組み合わせですか？

谷川　そうですね。

覚　私は、対詩は俊太郎さん以外とはやったことがないです。

谷川　あ、本当。

覚　器用な私と対詩をやるのは楽だと思いますよ。

谷川　楽ですよ、そりゃあ。なんていうと失礼だけど。

覚　えっ、どうして失礼なんですか（笑）。

谷川　えっ（笑）、なんかほら、アカデミックな教養豊かな人とやると、ほら……。

覚　私はアカデミックでも教養豊かでもないから気楽であると（笑）。

谷川　いやいや（笑）。やっぱり女性だということもありますよ。女性の言葉と男性の言葉と、違うじゃないですか。

覚　そうですね。私のはひらがな言葉なんですよね。

編　山梨のプラネタリウムで朗読会をするために、初めてお二人で対詩をやられてからずいぶん時間が経って、回数も重ねられてきたわけですけれども、こんなに続いているのはやっぱりお二人にとって一緒にやる楽しみがあるからですよね？

谷川　それはそうですよ。櫂《かい》の会（注：一九五三年に茨木のり子と川崎洋《ひろし》によって創刊された同人詩誌「櫂」。谷川は第二号から参加）でも連詩に全然乗らない人と、僕みたいに「やろうよ、やろうよ」って言ってる人と分かれていたからね。僕は他の人がいたほうが言葉が出てくるタイプなんですよ。

編　覚さんはどうですか？

覚　多分、「書きたいことがない」っていうのと、「私性がない」っていうこととすごく関係があって、集合的無意識の層とかから呼びかけられて何が出てくるかっていうほうが面白いって思っているからだと思う。

谷川　そこは僕と共通してるんだよね。

覚　そうですよね。

編　覚さんはこれからいろいろな人と対詩をやってみたいと思いますか？

覚　もちろん。でも詩人はやっぱりいろんな意味でデリケートな人が多い（笑）。基本的には詩作って一人作業ですからねえ。音楽の共同作業現場を知ってると、ふたつの創作現場を持っててよかったなって思う。

編　詩の場合は、「自分の王国に足を踏み入れてほしくない」みたいな気持ちの人が多いのかもしれないですね。

覚　相手とはたと対峙しちゃうのね。

編　お二人のライブ対詩を見ていると、相手の作品に対して結構意見を言うじゃないですか。「その言葉はちょっと……」とか（笑）。それで作品を見直して、さらに面白く変わっていく現場を私たち観客は見ることができる。それがライブ対詩の醍醐味なんですけれども、あれをストレスに感じる詩人もいるだろうなと思いました。

覚　絶対いると思う。

谷川　いると思うよ。

編　お二人はそのへんはもう、平気なんですか？

谷川　うん、もちろん。今、現代詩には批評っていうものがないんですよ。だから僕はもうずいぶん長い間、批評に飢えてますね。対詩の場合は、相手から一種の批評が出てくるわけでしょう。それはすごくありがたいんですよね。息子の賢作が、ジャズの連中とライブでソロ回しなんかしているでしょ。僕、あれが理想なんですよね。あれ、完全にアドリブでインプロヴァイズしているわけでしょう？　それでいてテーマはちゃんと通していて、しかもすごく楽しそうに演奏してるじゃない。あの呼吸っていうのかな、楽器の受け渡しを聞いていると、「言葉でこれができたらなあ」って思うんですよ。

覚　でも、ジャズのソロのあれは、プレイヤーがその曲の中で出せる私性なのかもしれないですけど。

編　ああ、そうですね、主役がぱっと変わる感じの。対詩の場合は二人ですけれど、それが三人になるとまったく変わるわけですか？

谷川　相当変わりますよね。

覚　以前、四元康祐《よつもとやすひろ》さんと谷川さん、私の三人で、物語連詩というのをやりかけたことがあったんですよ。四元さんの希望は、物語をリレーしていきたいと。で、最後に出来上がったときにいったんそれを解体して、再構築して、どこの部分を誰が作ったかわからないところまで三人の共同作品にしたいということで、何度か集まって練ったんですよね。でも結局形にならなかった。物語という時系列が必要な形態だと、ちょっと難しいなというのが感想です。

編　うまくつながらないということですか？

覚　うーん、つまり、これは伏線になるからね、というつもりで投げても、それを他のメンバーが受け取れるとはかぎらないし。自由度が逆に散漫にしてしまうというのかな。

谷川　だからやっぱり「合作」とはちょっと違うんですよね、連詩も対詩も。

編　面白いですね、「合作とは違う」というのは。合作だと思っている人は多いと思うんですよね、連詩とか対詩って。四元さんの発想は、完全に「三人でクリエイティブを寄せ合っていいものを一つ作りましょう」ということですよね。

谷川　そう、ちょっと合作的な発想なんだよね。

編　それで何か高みを作るとしても、じゃあ作品の高みとは何か、というのが共有できないと難しい。

覚　そう。このときね、あらすじはまとまったんですよ。この間それを読み返したら結構面白かったから、じゃあこのあらすじを元に物語詩を作れるかなと思って書いてみたんですけれど、そのあらすじ自体を記録しているのが四元さんの文章なので、四元さんの呼吸なんですね。そこから物語詩を作るっていうのは、すごくいつもと違う感じだった。いつもと違うものができたから面白かったけど。

「伏流水」と「地上の小川」

編　さっき、詩は垂直に縦に向かって掘っていくもので、小説は横に流れるという話がありましたけれども、対詩の場合は「隣で掘っている」みたいな感じなんですか？　それとも、シャベルが二つあって、二人で同じ穴を一緒に掘っているという感じなんですか？

覚　ははは（笑）。穴の口は二つなんだけれど、下はね、集合的無意識だから。

編　なるほど！　理想としては、違う入り口から入って地下で出会うという感じなんですね。

谷川　だから水の比喩で言うと、一人一人が泉でね、泉っていうのは地下の水脈につながっていて、そこから湧くでしょう？　隣の人もやっぱり泉で、地下からなんか吸い上げているんだけれど、その吸い上げたものが小川になるみたいな、比喩的に言うとそれが理想ですよね。

覚　伏流水と、地上の小川みたいな。

谷川　そう。ちょっと美しすぎる比喩ですけど（笑）。

編　普段はそれをお一人ずつ、それぞれでやっているわけですよね、詩人たちは。

谷川　そういうふうに考えない詩人もいると思うけれど、僕なんかはやっぱりそういう集合的無意識にできるだけ根をおろしたいというか、届きたいという気持ちがどこかにありますね。それは左脳ではなかなかできなくて、運がいいと右脳から出てくるものなんだけれど。そういうふうには考えずに、もっと理詰めで書いてる詩人たちもいるし、教養で書いてる詩人たちもいるし、まあいろいろだけどね。

編　覚さんの書かれる詩にも、そういうものを感じることがありますね。自分の物語というよりも、もっと多くの人に共通する部分に触れてくるようなものというか。作詞の場合にも、そういうことが可能なんでしょうか。

覚　さっき「神話」といったのはそこを意識してるからですね。作詞はねえ……やっぱり行間に音楽があるからねえ。またそれを発する歌い手さんがいるでしょう。共同作業なんですよね。だから事情は複雑です。

編　覚さんの作詞の中で一番ポピュラーなものというと、やっぱり「いつも何度でも」かなあと思うんですが、あれなんかは詞だけ覚さんで、歌も曲も違う人がやっている「共同作業」ですよね。でも、詞だけ、音だけのどちらを聞いてもちょっとそういう深いところに触れてくるような気がするんです。だからあんなにいろいろな人に受け入れられているのかなと。いわゆるポップソングだとそういうものって少ない気がするんですが、作詞の場合はどこまで深く潜れるものなんでしょうか。

覚　うん、「いつも何度でも」は創作時に神秘体験じみたことがあって、結構深いところまでたどりつけた感覚がありますね。宮崎映画の主題歌であることだとか、その決定に至るまでの経緯とか状況的にもちょっと変則だったりして。一般的に歌は歌詞とメロディ（と歌唱）の合体で力を持ちますよね。「泣きなさい～、笑いなさい～」っていう歌あるでしょう。そこの歌詞だけ取り出すと「泣きなさい、笑いなさい」（笑）。すごく単純なフレーズじゃないですか。やっぱり音楽とセットだから味わい深いんですよね。

編　確かに（笑）。「アイラブユー」でも商品になっちゃうわけですもんね。谷川さんの「さようなら」という詩に賢作さんが曲をつけたものも、詩だけでもすごくいいけれども歌になるとさらにまたぐっときますよね。あれもわりと「いつも何度でも」に近い感じがある気がします。

谷川　あれは一種、夢遊病的に出てきた詩ですね。

覚　「さようなら」は賢作さんも多分、夢遊病的に書いてる曲なんじゃないかな。他の曲も素晴らしいけど、あれはダントツにいいですよね。

編　すごくいいですよね。曲がついても詩の良さが壊れずに、同じ感動で歌の言葉として届くのはちょっと珍しいなと思って。

谷川　曲が良ければ、歌になったときのほうがいいんですよ、活字で読むより（笑）。

編　あ、そうですか（笑）。じゃあ「いつも何度でも」とか「さようなら」は、ちょっと特殊な例なんですかね？

谷川　うん、やっぱりそうだろうね。つまり自分の書いた詩の中でも、いくつか、これは自分でもどうして書けたのかわからないみたいなものがあるわけです。そういうときに働いているものっていうのは、ちょっとうまく説明できないね。

覚　そういうフレーズって、多分自分で作っていないから、あとから何度読んでも新鮮で、今初めて読んだみたいな感覚になる。それが作ることの快感でもあるし、歓びでもあるし、理想でもあって、それがあるから表現仕事をやっていけるっていう感じがします。俊太郎さんの「芝生」という詩もそういう作品ですよね。

谷川　そうですね。

「こんにちは」から始める対詩

編　お二人のライブ対詩を見たりこの本を読んだりして、「自分もちょっと、誰かと対詩をやってみたい！」と思う人が出てきたら面白いなと思いますけどね。

谷川　まあ「対詩」って思わなくてもいいんですよね。昔、友人の北川幸比古《さちひこ》とハガキで詩の交換をしてたのね。そのときは対詩という意識は全然なかったんだけれど、でもやっぱり相手の詩を読んで、それで自分も詩を書くわけでしょう。似たような構造なんですね。ハガキだから短いし。だから要するにみんながツイッターとかブログとかで言葉を交換しているのと基本的には同じようなことなんですよね。

覚　いやでも多分、詩っていう枠を作ってやるのが快感なんだと思いますよ。

谷川　ああ、それはそうかもしれないね。ただダラダラおしゃべりするんじゃなくて、なんか「作品」みたいにしたいという。

覚　そうそう。それは詩が短歌や俳句と違って日本人の血肉にまだなっていないということとすごく関係があって、一種特別な位相に自分を持っていくというか。

編　覚さんと谷川さんも、詩のかたちだから言い合えることってありますか？　言葉の選び方とか。

谷川　うん、それはもちろんありますね、作品意識は当然あるわけだから。でもその作品意識みたいなものを時々壊したいと思うことはありますね。どうしても作品というふうにして書くわけじゃない。でもそうじゃなくて、枠をとっぱらって、普通の会話みたいに詩を書きたいと思うことがよくある。自分一人の作品の場合でも。

覚　詩の中で人格が変わるのは楽しいですよね。おじいさんになったり、赤ん坊になったり、女子大生になったり。

谷川　うん。そうそう。

編　対詩だとより変わりやすいとかありますか？　スイッチが切り替わりやすいとか。

覚　それはないかなあ。

谷川　そういう技術を使わないとうまくつながらないとか、ちょっと単調になってきたからこのへんでそういう技術を使うとか、そういうことはありますよ。

覚　あと、基本的に「なりきり」は快感なので、気持ちいいからやっちゃうっていうのもあると思いますね。役者さんがいろんな役をやる快感と一緒で。

編　もしも「よし、対詩をやってみよう」という人がいた場合に、やっぱり書き始めが一番難しいと思うんですよね。そこに技術が必要なのかなと思うんですが。

谷川　対詩の場合、すでに相手がいるわけでしょう。そうしたらやっぱり連句と同じように、「発句は挨拶だ」って考えるのが一番いいんじゃないかな、始め方としては。

編　挨拶の原則ってあるんですか？

覚　言祝《ことほ》ぐの。

編　ああ、そうか。明るく始めて、最後も言祝いで明るく終わるんですよね。

谷川　大岡信《まこと》はそれを「挨拶」っていうふうに言い換えてましたね。挨拶という言葉は、原義は「真剣勝負」的な意味があるわけでしょう、「挨」という字と「拶」という字は。そこまでやらなくても、とにかくなんか相手に向かって挨拶するっていうことから始めるのがやりやすいと思う。

覚　出会い頭はやっぱり明るくしたい。

谷川　だからほんとに初心者だったら、「こんにちは」から始めたっていいんですよ。かわいくていいじゃない（笑）。

覚　関係ないけど、俊太郎さんって、寺山修司に「現代詩の世界に『おはよう』を持ち込んだ詩人」って言われたんでしょう？

谷川　ああ、なんかそんなこと言われたね。

覚　すごくうまい言い方ですよね。なるほど！な。

ライブは、楽じゃないけど面白い

編　ライブ対詩そのものは、覚さんのほうからライブでやろうという提案があったという話を聞いたんですが、どういうきっかけでそう思われたんですか？

覚　まだ誰もやってないことをやりたいなと思って。さっきもちょっと言ったけど、衆人環視という究極の環境条件下でどこまで現場を信頼できるか、どこまで自我を手放せるのか、しかもそれで一定のクオリティを問えるのかを単純に見てみたくて、そんなある意味危険なことに付き合ってもらえるのは俊太郎さんだけだろうなと思って（笑）。

谷川　僕はやっぱりファミレスのデニーズで覚さんと対詩をやってみて、あのざわざわした中でやれたのがライブ対詩の一つのきっかけとしてはありますね。普段は一人で静かなところで書いているから。つまり、他の言葉とか環境とかによって言葉が出てくることがあるっていうのを体験して、「あ、これでできるなあ」という気になったんですよね。

覚　楽じゃないけどそれも面白いな、と。

谷川　そう。楽じゃないけれど面白い。

編　やっぱり詩を書く態勢ってあるものなんですか？　普通の日常生活ではいろいろなことをやるじゃないですか。それと、「さあ今から詩を書くぞ」という行為との間に、心の準備みたいなものは多少あるものなんでしょうか。

谷川　自分の家で一人で詩を書くときはそれはなくて、何かほかの雑事がいっぱいあって、詩でも書かないとやりきれないなあ、みたいなときに詩を書き始めますよね。覚さんはどう？

覚　私は、基本、詩は八ヶ岳のアトリエでしか書かない、と決めて、すごく詩作が楽しくなりました。やっぱり自然の中には「お助け小人」がいるんですよ。そういう話をこの間、画家の友人としていたら、彼も「絶対いる」って言ってましたね。自然の中で書くのは、楽で楽しい。エッセイとか散文は東京でも書けるんですけど、詩は山で書くほうが楽しいですね。

編　こちらで書きたくなったらどうするんですか？

覚　……あんまりならない（笑）。

谷川　僕は年の功か、いつでも書くのが楽しいですね。書けちゃいますね。ほんとは自然の中に行きたいんだけれど。朝ベッドの中で何か二、三行思いつくと、それで書けたりとか。それから、さあ詩を書こうと思ってＭａｃの前に座ると書けたり。六十年以上書いていますから、書くのが癖になってるというか。落ち着くんですよ。出てこなくてもあせらないし。

覚　私も俊太郎さんからそういういろんな話を聞くうちに、あ、そんな書き方もあるんだ、って触発されて、だんだん自分の書き方が変わってきてますね。

書きかえられた水平線

1

世界中の波のすべてはこの港から生まれます
過去をいとしむあまり　未来から盗むことのないように
生きている私の中で　もう何も死に絶えるものがないように

覚

2

津波で消え失せたその港の瓦礫《がれき》の中から
祈りの言葉としか思えないメールが届いた
ナビもエアコンもないぼくの四駆で
彼女はふるさとへ向かったのだ

俊

3

夜の雲がどんどん流れて来る
それとも私が雲に向かって突っ込んでいるのか
いずれそれだけ残された満天の星空が現れるのだろう
何もかも失った人間たちの真上に

何が失われていたかも知らずに暮らしていたのは私も例外ではないけれど
あ　こんな空にも一番星
こんな私にも

覚

4

父母も弟も家も無事だったけれど
高校で同級だった友だちが三人行方不明と聞いて
ぼくはなんと言っていいか分からなかった
「黙らないで　何か話して」

彼女のかすれた声が聞こえたあと　電波が途切れた　　俊

5

いちじくの樹で日陰になる窓が古い校舎にひとつだけあった
そこからは何だって見えた
好きだった男の子たちが走ってるテニスコート
国道沿いの原色の幟《のぼり》と防風林
聖者の髪の毛みたいな水平線
その向こうの知らない国々は
心の中のぐずぐずやもやもやを分け合って
泣き笑いするわたしたちの未来の
風景画になるはずだった　　覚

6

会っているその〈今〉だけが大切だった
過去も未来もぼくらには見えなかった
でも少しずつ見えてくる
少女だったきみが
きみが生きてきた〈時〉が
俊

7

やさしさとかたくなさでできている
ふるさとは透明な拘束衣
はみ出したがってはちきれそうな手足と心を
はたちまではとなだめすかしている間
ギターはずいぶん上達して
いくつか詩や歌も書くようになって
覚

8

初めてきみを見たのは
ビデオカメラのファインダーの中
大学の文化祭のステージのロングを撮っているうちに
いつの間にかぼくはきみの顔をアップにしていた
歌声が蝉に競り勝っていた記憶

俊

9

♪はるかはるかな海風が
遠い砂漠にたどりつく
あの日わたしはスフィンクス
旅のあなたになぞかける♪

覚

10

面影はもうおぼろになっていたけれど

ぼくはきみの声を覚えていた！
ファインダーで見ただけで会ってもいないのに
何故だろう　きみの歌声がこんなにも懐かしいのは
レンタカーのラジオのおかげでまたきみに会えた

俊

11

「お届けしたのはおなじみの懐かしい〈ランプと海風〉というナンバーでした。
この歌い手さん、ある日交通事故でムチ打ちを経験してから霊感が身に付いてしまったという話はみなさん覚えておいでてでしょうか。某有名キャスターの肝臓ガンを言い当てて、一命をとりとめさせた話は記憶に新しいですもんね」

覚

12

広場のカフェテラスでひとりエビアンを飲んでいるのか
二人の子どもの手をひいて商店街を歩いているのか
山奥の温泉宿でバンド仲間と麻雀卓を囲んでいるのか
もしかして幽体離脱して天井からベッドの上の自分を見ているのか
ぼくはどんなきみでも想像することができる
きみがどういう人になっているのか分からないから

俊

13

「ひとりきり」は自由とよるべなさの両A面で出来てるね
思ってもみないことが起こるたびに
人は基本に戻るらしい
生まれた時はからだ一つきりだったとか
世界がはりさけるほど大声で泣いただとか
どんな一生を送るつもりだったとか

覚

14

生身の彼女に会いたいのかそれとも
会わずに声だけ聞いていたいのか
自分でも分からないままに
彼は彼女のブログに書き込んだ

俊

15

はじめまして。
書き込みありがとうございます。5年前の大学の文化祭にいらしていただいたなんて驚きました。あの時は朝から大雨でした。でもあのコンサートの時間だけ雨が上がって虹がかかったんです。忘れられない思い出です。港西町にお住まいなんですね。実は私もです。どこかですれ違ってるかも知れないですね。

覚

16

小さなライブハウスに聴きに行ったのは一週間後
ギター抱えて歌う彼女は〈ひとりきり〉のオーラを発散していた
挨拶代わりに身分不相応のシャンパンおごって
ふたり並んで港西町へ帰ってきた

物語では時間が行ったり来たりする
偶然が運命に育つにはどんな時間が要るだろう

俊

17

見たくなくても見えてしまうもののことを
なぜあんなに素直に話せたのだろう
はなから否定することもせず

かといって　驚きすぎたりもせず
ただ上手な間合いの相槌を打って
耳を傾けてくれるその心の距離は
並んで歩くのにも
一緒に生きていくのにも
ちょうどいい気がした
覚

18

駅でばったりコンビニでばったり道でばったり
住まいが近いのだから当たり前だとは思わなかった
歩きながらでも話するのが楽しかった
からだより先に彼女のこころに近づきたい
彼女に見えているものが見えなくても
俊

19

子どもの頃からいったん何か想像し始めると
なかなか戻って来られなかった
イメージできることは本当のことになると
知ったのはいつだろう
同じ夕焼けを同じ気持ちで見つめている
私たちの横顔が思い浮かんだのは
それからいくらもたたない秋の日

覚

20

「あの日わたしはスフィンクス」
レンタカーのラジオで初めて聞いた彼女の歌の一節が
繰り返し彼の心を波立たせる
「旅のあなたになぞかける」

あのあなたはこのぼくだったのか
出会う前からもう彼女はぼくを知っていたのか

俊

21

ほどかれなければならない何かが
私たちの間には
出会うずっと前から横たわっている
それはことほぎだったかもしれない
それはむくいだったかもしれない
何度も生まれては出会ってをくりかえし
それは
徹底的に観察され解消され
昇華されなければならない

覚

22

会うとふたりとも無口だった
でも毎日のメールで彼女は雄弁だった
「私は巫女《みこ》かもしれない
　私のコトバはどこか私の知らないところからやって来るの」
まるでそのコトバがもたらしたかのように
大地が烈しく揺れ始めた

俊

23

大地がひび割れて
ふるさとが壊れて
頭が混乱して
からだがばらけて
心が動かない

覚

24

ふるさとがあるということさえ知らなかったが
彼女の口調には有無を言わせない響きがあった
「コトバがなくなってしまった
　コトバを探しに行きたい　コトバが生まれたところまで」
車のキーを渡すとき手を握ったのが精一杯だった
俊

25

津波の日から半年たったなんて嘘だ
私の時間はあの日を境に動きを止めたのだから
瓦礫を崩し泥を運び
夜は四駆で手足を丸めて眠った
もういちど自分の時間を動きださせるために

失くしてしまったものに向き合うために
歌のことなんか考えもせずに　　覚

26

彼女は疲れ果てて帰ってきた

でも歌えたの
歌ってほしいって言われたの　孫を亡くしたおばあちゃんに
何を歌ったらいいのか分からなかった
ためらっていると　避難所に寝転がっていたおっさんが
大きな声で〈我は海の子!〉と怒鳴った
私　歌った
頭から布団をかぶる人もいた
一緒に声を合わせようとする人もいた　　俊

27

かなしみは海からやってきた
救いもまた同じ海からもたらされる

「誰も聞いていないのをいいことに
クルマの中で大声で泣いただろう
顔が腫れて　頬がかぴかぴだ」と彼が言った

私は答えた
「どんなに泣いても海にはかなわないんだね」

覚

28

見えている海は本当の海の何兆分の一

見えていない海を見るには目ではなく心が要る
彼女はずっとぼくの部屋で眠りこけていた
三日目の夜　仕事から帰ってくると
彼女はぼくのパソコンの前に座っていた

俊

29

寝ている間に見たたくさんの夢を
記録しなくてはならない
大きな河を遡《さかのぼ》る夢
河のおもてが凍りつく夢
ゲイの弟と崖っぷちの白い家にたどり着く夢
その家がお墓だと言い張る弟
その家はお墓ではなくて人形工場で
そのうちの赤ん坊の一体が私で

らせんを描きながらこの世に生まれてくる瞬間の夢

覚

30

小学生のころ夜が恐かった
恐くなくなったのは天体望遠鏡を買ってもらって
遠さを光年で計ることを知ってから
大学に入って宇宙がぼくの夢そのものとなり
やがてぼくは宇宙を仕事場にするようになった

俊

31

本当は宇宙がまぼろしだと知っているのでしょう
宇宙の果ては私の夢の中とつながってたもの
まぼろしにたくした意味を呼吸している私たち
それが愛でも無関心でもいい

そこからもう一度生まれることができるなら　覚

32

からだは研究室にいる
だが彼の心は宇宙へさまよい出ていた
数字と公式の羅列だけではとらえきれないどこかへ
言葉は命綱になるのだろうか
彼にとって　彼女にとって　俊

33

失くしたのは言葉そのものではなくて
得体のしれない混沌を
言葉にしていくやりかたの方だったみたい

けれどそのもやもやで私たちはつながれている　覚

34

とろとろと揺れる海原に男女二柱の神が矛《ほこ》を下ろした
この國はその矛から滴り落ちる海の雫《しずく》から生まれたという
もやもやには始まろうとする予感がひそんでいる
きみとぼくとで得体の知れぬ混沌に矛を下ろしてみたい　俊

35

あぶくの一つ一つに
港の灯りが映っています
気がついたら私の中にひそんでいた言葉が歌になり始めていました
あの日書きかえられた水平線の向こうへ

まだ知らない国々へ　声は届くでしょうか　　覚

36

眩い朝の港で水平線に向かって彼女は歌った
新しいコトバが彼女を書きかえようとしている

終わりは土　始まりはそこから芽を出し二葉《ふたば》を開く
未来の風景画の中の点景人物となって
二人は幼い子どものように手をつないで立ち尽くしている

俊

螺旋《らせん》の眩暈《めまい》

1

押さえつけようとした小さな指から逃れて
バネはピョ～ンと空中に跳んだ
宝物がまた一つ増えた
螺旋にひそむエネルギーが
子どものエネルギーと共振する

俊

2

父親も少年時代は　コイルやネジが親友だった
はじけたバネでつけた左手の甲の傷を
だいじょうぶ？　と聞いてくれた少女

町に一軒きりの本屋に嫁いで
今もちゃん付けで声をかけてくる　覚

3

汗臭い幼い頭を突き出して
つむじが左巻きではないのを確かめてくれと
半泣きで弟が言う
西瓜食うのが先だと兄はとり合わない　俊

4

動いてる洗濯機の中を
眺めているのが好き
まだ知らない物語がめぐり出てくるような気がする
雨が降っている日がいい

止まない雨ならもっといい　　覚

5

「澪《みお》をつくるのは船のスクリューの回転だよ」と姉は理系
文系の弟は黙って父を乗せて遠ざかる船を見つめる　　俊

6

連絡船のデッキからうず潮を見ている
気づかぬうちに巻き込まれる心が
収束が見えない混乱を煽《あお》る
海猫が鳴き続けている　　覚

7

台風の目の

禍々《まがまが》しい灰色の雲に縁取られた束の間の青空　俊

8

天井でミルク色のファンがゆっくり回ってる
じゃまされないで考えたいことがあって
こんなに南国まで一人で来たのに
どうでもよくなっちゃったわ　覚

9

ゼンマイがほどけてしまって
十二鳴るはずの音が十で止まった祖母の置き時計だが
針は休まずじりじりと動き続けていて深夜……
祖母の戒名がうろ覚えなのに気づく　俊

10

退行催眠の最中に光の玉のビジョンが訪れた
左回りに螺旋を描いて上昇する
それが私の魂だと
私はなぜわかったのだろう

覚

11

白衣の裾が落下傘のように開く
回転し続けることで神に近づくという旋舞
炬燵《こたつ》で酔いつぶれて男は夢でトルコへと旅している

俊

12

家事は分担ねって約束したのに
いつのまにか子育てまで全部あたしの担当で。
感謝してほしいと思うのはもうやめにする

見て見ぬふりもがまんするのも
あとにただその責任が待っているだけ
結婚指輪の完全円を　檻にしたのは私たち
覚

13

石《いわ》ばしる垂水《たるみ》の上の早蕨《さわらび》の萌え出づる春になりにけるかも
（志貴皇子《しきのみこ》・万葉集巻八）
俊

14

歩く歩く　どこまで歩く
おむすび持って　地球儀持って
歩く歩く　仲間と歩く
道の終わりが道のはじまり
夕日と朝日に抱かれて歩く

［組曲『うたはいつもそこにいて』より］　覚

15

ゴシックの尖塔へと螺旋状に上っていく急なすり減った石段
初潮を迎えた少女はめまいを感じて立ち竦《すく》む
神に近づく道はこんなにも曲がりくねっているのか　俊

16

同じところへ戻ってきたように思えても
少しずつでも進歩してると思っていいのさ
螺旋階段を登っていくと
同じ景色がだんだん違って見えてくるだろ
ビルの屋上にも花畑があったんだとか
フェンスの向こう側にも川原が広がっていたんだとか　覚

17

「辻風って言葉もあったなあ」と祖父
落ち葉をくるくる回すだけのつむじ風の子ども
季語にあったかしらと孫の嫁
三世代がまずまず無事に年を越す

俊

18

五線譜が波になって
木の舟を押し出す
櫂の使い手は
終わらない三拍子を好むという

覚

19

独楽《こま》が〈澄む〉という日本語の表現を
異国の高校生たちが実際に独楽を回して
わいわい言いながら体感している　　俊

20

東洋では神の化身の龍が
西洋では邪悪の象徴
大自然にこうべを垂れてきた者たちと
それを組み伏せようとした者たち
正反対のまなざしがデザインしてきた対称形は
フォークロアだけではない　　覚

21

コンカンコンカンコンカン……と歌いかける

鉄の螺旋階段を駆け上ってくる足音
の……思い出　　俊

22

やっぱり覚えていましたね
生まれる前のあなたを見つけて
歌って聞かせたのがこの歌
あなたの夢の中に乗り付けた
真っ赤な自転車は
北極めざして低気圧に変わったとのこと　　覚

23

「春　泉　バネ　英語じゃみんなスプリング！」と
中一女子がはしゃぎながらスキップしてやって来た　　俊

24

銀河系の写真　どうですか　と促されて
カプチーノの泡みたい　とアイドルが言った
次の時代が開けていくかのように語るアナウンサー
はりめぐらされた網の目の上で
わたしたちは自由であることも不自由であることも選べる

覚

〈座談2〉

対詩リハーサル

1
この場合見られていることの快感は無い
昼下がりだからじゃない
着衣だからじゃない　覚

2
からだの裸と
こころの裸
どこまで裸になれば魂が
ひりひりしてくるのか
コトバで自分を剥《は》いでいくのは難しいよ　俊

3
難しいよ　は思考停止の合図
青空をくすぐる万国旗の風
もうすぐ飛び立たなければならない　覚

4
模型飛行機作るのが好きだった
ちっとも飛ばなかったけど
大人になってから作ったやつに名前をつけた
〈よろよろ飛んでる天使〉
今は模型も進化しすぎて味気ない　俊

5
大事なものはすこしくらい
いいかげんに扱うのがいい
つよく抱きしめて壊れてしまう前に　覚

6
初めて自分の子を抱いたとき
落っことしたらどうしようと気もそぞろ
どこにも取っ手がついてないのは

私有を禁じられているからだと納得した
子どもがお荷物になった時期も
ないではなかったが　俊

7

明け暮れは
工夫することのつらなり
日々という頁の間にはさんだ栞《しおり》は
絶え間ない日射しに褪せて
いつか忘れられて　覚

8

栞は薄いのがいいのだが
材質は紙だと平凡
木　鉄　貝　雲母　それとも指なんかどうかな
俊

9

顔より指だな
あと　声かな
書き文字もしみじみしてるといい
妄想で完結する恋がいい
35を過ぎたら　覚

10

「ダフニスとクロエー」で学んだあのこと
実際の役には立たなかったから
思い出として永久保存する　俊

11

シベリアの凍土の下
ユカギルマンモスは
増えていく子や孫の夢を見ている
掘り起こされたことも見世物になったことにも
気づかずに　まだ今も　覚

覚　ライブ対詩は、お客さんを入れて本番の形でやる前に、システムのチェックも兼ねて何回か、スタッフ

三、四人が観てる状況でリハーサルをしているんですよね。この時がそれ。初めて人に見られながら詩を書くっていうことで、第1詩から私すごく緊張してますね。

谷川　ああ、ほんとう。

覚　これは六本木のミッドタウンの中にある、スルガ銀行のd-laboというイベントスペースでやったときのものです。

谷川　そう、なんかすごくプライベートな場所で。

覚　書棚に囲まれていて、いい感じのところなんですよね。

谷川　で、入ろうと思えば「おこもり部屋」みたいな狭いスペースもあったよね。結局使わなかったけれど。

覚　通常連詩では、書いている時に周りの会話が聞こえて集中できない場合を想定して小部屋が設けてあるんです。このライブ対詩でも初めは耐えられなくて使ってたんですけど、一、二回だけで結局必要なくなりましたね。すばらしい。

谷川　スレてきたんじゃないでしょうか（笑）？

覚　いや、心が開かれたと言ってください（笑）。

谷川　櫂の仲間で連詩を始めた時は、その「おこもり部屋」にもう、一時間もこもっちゃう人がいたんだよね。

覚　二時間の人もいたって聞きましたよ。

谷川　うん。それでみんな待ちくたびれて、酒飲み出して寝ちゃうっていうね（笑）。それに比べるとテンポ早かったよね、覚さんとの対詩の場合。

覚　そういう連詩に比べたらなんという早さ！っていう感じでしたね。

谷川　楽だよね。

覚　相手によるけれど。早けりゃいいってもんじゃないけれど。

谷川　相手によるね（笑）。

覚　時間的、環境的な制約の中に自分を押し込んでみたら、ちゃんとそれを乗り越えたことが起こるっていう、なんか人間の可能性を見る思いがするというか（笑）。

谷川　ある程度プレッシャーがあったほうが言葉は出てくるっていうこと？　それはあるかもね。この対詩は覚さんから第1詩を始めたんですよね。

覚　はい。じゃ自分の書いたところを読んでいきますね。

1　この場合見られていることの快感は無い
　昼下がりだからじゃない
　着衣だからじゃない

谷川　一行目の「この場合見られていることの快感は無い」っていうのは、周りにスタッフなんかがいたからこういう言葉が出てきたの？

覚　そう、人目をすごく意識してますよね。

谷川　そうだよね、そんな感じだよね。僕は「着衣だからじゃない」っていうところに反応したんだよね（笑）。

覚　俊太郎さんの泰然自若ぶりが（笑）。

谷川　この時はお客さんを入れてライブでやってるわけじゃないんだけれども、要するに「対詩の現場」というのがあって、そこには自分たち以外の人がいた、っていうのが特徴としてあるんですよね。覚さんの詩の「着衣だからじゃない」っていうのがおかしくて、僕はそれを受けて書いちゃったんですよね。

2　からだの裸と
　こころの裸
　どこまで裸になれば魂が
　ひりひりしてくるのか
　コトバで自分を剥いでいくのは難しいよ

わりとこう、くつろいだ感じでやりたいのでちょっと口語調になってるんです。話しかけ調に。あんまり書き言葉っぽくない感じで。

覚　「難しいよ　は思考停止の合図」というふうに、私は俊太郎さんの最終行を一行目で受けてるんですけど、もう完全に向付《むかいづけ》（注：連句などで、前句と対向する視点で付ける付け方のこと）。対決姿勢満々です（笑）。

谷川　そうそう、そうなの（笑）。だからさ、面白かったよこれは。

覚　読みますね。

3
難しいよ　は思考停止の合図
青空をくすぐる万国旗の凧
もうすぐ飛び立たなければならない

やー、もう相当緊張してます。それで「青空をくすぐる万国旗の凧／もうすぐ飛び立たなければならない」でしょ？　気合いに満ちて（笑）。「斬りこむぞ！」みたいな。

谷川　この「もうすぐ飛び立たなければならない」っていうのは、やっぱり対詩の飛び立ち方を考えていたの？　なんかこの三行目は、たしかにすごく緊張したような、「これからやるぞ！」という気持ちが感じられたよね。

覚　「万国旗」はためくさまが「公式の場」というか。

谷川　ああ、そうだね。

覚　「思考停止してはいけない」と、自分を煽っているというか。

谷川　いや、私はなんか叱られたような感じがしました、これは（笑）。

覚　「偶然」とか「愛」とか「それは難しい」とか思考停止させてしまう単語ってあるじゃないですか、最終言語というか。それを言っちゃおしまいという……。

谷川　うん、あるね。次、読みます。

4
模型飛行機作るのが好きだった
ちっとも飛ばなかったけど
大人になってから作ったやつに名前をつけた

〈よろよろ飛んでる天使〉
今は模型も進化しすぎて味気ない

これは、「思考停止」とか「もうすぐ飛び立たなければならない」というのはちょっと具体性を欠いているから、できるだけ対詩・連詩は具体的なものがあったほうがいいっていう考え方から「模型飛行機」で受けちゃったんですよね。

覚　え、「青空をくすぐる万国旗の風」って具体的じゃないですか。

谷川　……うん、もちろんその一行は具体的だけれど、「難しいよ　は思考停止の合図」っていうのはあんまり具体的じゃないでしょう?

覚　え、でもわかりやすくないですか?

谷川　わかりやすい／わかりにくいじゃなくて、情景の具体性ですよ。情景は具体的なほうがいい、っていうのが基本的にあるのね。

覚　俊太郎さんが言うと、それがみんなにとっての「ルール」になっちゃうんだよなあ（笑）。

谷川　この詩の中の模型飛行機の話は実話で、「トロッタリング・エンジェル」という名前をつけていたんです。大人になってから作った模型飛行機ですけど。だけど僕ほんとにぶきっちょでね、うまく飛ばないの。「模型も進化しすぎて味気ない」っていうところはなんか、時代みたいなものが入ってきてますね。別に意識していたわけじゃないんだけれど。

覚

5　大事なものはすこしくらい
いいかげんに扱うのがいい
つよく抱きしめて壊れてしまう前に

「よろよろ飛んでる天使」というのがフラジャイルな感じがしたので、「大事なものは〜」という後の二行で受けています。

谷川　これ、すごく女性的な感じがするね。男はこういうふうに言えないんじゃないかなあ。

覚　女の人は赤ん坊とかこういうフラジャイルなものを扱うっていうことが基本にあるから、あえて「ちょっとくらい乱暴に」という発想に行くんですね。

谷川　そうね。でも実際にはいいかげんには扱えないでしょう？　例えば具体的な赤ん坊をさ。

覚　もちろん具体的に乱暴に扱うんじゃなくて、「心もちとして神経質にならない」くらいのことですね。

谷川　うんうん、わかった。じゃあ次。

6

初めて自分の子を抱いたとき
落っことしたらどうしようと気もそぞろ
どこにも取っ手がついてないのは
私有を禁じられているからだと納得した
子どもがお荷物になった時期も
　　　　ないではなかったが

これもわりと実体験ですよね。

覚　この三行目と四行目、すごくいいですよね。

谷川　「子どもがお荷物になった時期」っていうのも正直な気持ちで、初め赤ん坊が生まれた時期っていうのは、おろおろしながら感動してるわけじゃない？　それがだんだん大きくなってきて夜泣きなんか始めると、なんかもうお荷物になってくるっていう感覚があったわけね（笑）。母親のほうが、そういうところは絶対的に強いっていう感じがするよね。父親はほら、別に何にも出来ないからね。うーん、「お荷物」っていう感覚ではなかったんだけれども、とにかく僕は自殺したくなったわけだから、息子があんまり泣き止まなくって。殺したくはならないんだよね。自分が死にたくなるの（笑）。じゃあ、次どうぞ。

覚

7

明け暮れは

工夫することのつらなり
日々という頁の間にはさんだ栞は
絶え間ない日射しに褪せて
　いつか忘れられて

「子どもと一緒に暮らす日常生活」という前の詩があって、それを受けて「明け暮れ」という言葉が出てくるんですけど、日常の生活だからこそ、ぼんやり無意識的に暮らすわけにはいかなくて、特に初めての赤ん坊と一緒だったりすると、何かこう、随所に工夫しなければ前に進んでいけない、というような発想だったと思います。

谷川　男もまあそういうところはあるんだけれど、これは本当に、一家の暮らしの責任を預かっている主婦の発想っていう感じがしたよね。「明け暮れは／工夫することのつらなり」というのが。

覚　ああなるほど！「時短家事」という言い方をしますけど、どうやっていろいろなことを短時間で効率的にやって、自分のことをする時間を作るかっていう。

谷川　そうだよね。「日々という頁の間にはさんだ栞は／絶え間ない日射しに褪せて／いつか忘れられて」。この三行は、すごく詩的にうまいね。

覚　ここで想像しているのは、「毎日着るシャツ」とか「毎日はく靴下」なんかが、何度も洗ってクタクタになっていく感じです。

谷川　それはもちろん、栞そのものが褪せることはあんまりないわけだからね。

覚　で、そのクタクタになっていく日々の中で、でもちょっとしたイベントがあるわけじゃないですか。お宮参りとか、七五三とか。そういうことたちが重なって、重なっていって、記憶の下のほうに下のほうにしまわれていく、っていう感じかな。

谷川　忘れっぽい私としては、「いつか忘れられて」という最後の一行がすごくリアルでしたね（笑）。

覚　あ、「忘れていいんだ」って思って救われたんですね（笑）。

谷川

8
栞は薄いのがいいのだが
材質は紙だと平凡
木　鉄　貝　雲母　それとも指なんかどうかな

覚　指の栞ですか？

谷川　そう。

覚　うーん、すごいシュールですね。

谷川　栞って結構使うんですよね。中には結構しゃれた栞もあるし、だからここで材質がいろいろ出てきたんだけれど、やっぱりそれだけじゃつまらないので、ここに「指」が出てくるわけです。でも本当は、指は栞にはなっていないんですよね。読みかけのページに挟むことはできるけれども。

覚　次の詩ではシュールなほうにいくのをなんとなく避けていますね、私は。

9
顔より指だな
あと　声かな
書き文字もしみじみしてるといい
妄想で完結する恋がいい
35を過ぎたら

これ昨日読み返して、もうね、しゃらくさくて笑っちゃいました。何書いてるんだ、私は（笑）。

谷川　ははは（笑）。現場で連詩とか対詩をやってるとさ、結構ちょろっと、自分のダメなところが出てきたりするんだよねー。

覚　そうですね、ユルんでますね、これは。気がユルんでるっていう感じがします。

谷川　「妄想で完結する恋がいい」なんてね（笑）。

覚　あの、指とか声とか文字がいい人がタイプだっていうのはたしかにあるんですけど、それをダダ漏れさせてるっていう（笑）。

編　この7、8、9あたりは、お客さんを前にしたライブの対詩作品と比べると、私たち読者が普通に読んでいても「ここで前の詩のこの部分を受けているんだな」とたどれる感じがしますね。

覚　本番ライブのほうがわかりにくいということ？　鎧《よろい》を着てるんですかね？　あ、違うか、より深くに入っているから、すぐには伝わりにくいのかな。

谷川　そうかも。

覚　鎧着てたら、ライブ対詩はできないですもんね。

谷川　うん。それから、お客さんがいない対詩のときは対詩の相手が読者なわけだけれども、ライブでやっているともう本当にすごい数の読者がいるわけだから、読者に対する意識の仕方もちょっと違うと思うね。二人だったらなんか、油断するじゃん。

覚　油断しますね。

編　油断というか、楽しそうですけどね。

谷川　そうなの。キャッチボールみたいになってるから、楽しいは楽しい。

10　「ダフニスとクロエー」で学んだあのこと
　　実際の役には立たなかったから
　　　思い出として永久保存する

これもあのー、実体験ですね。

覚　ふーん。

谷川　ロンゴスっていうギリシャの物語作家が書いた『ダフニスとクロエー』という本が、僕が十代の終わり頃からうちにあったんですね。呉茂一《くれもいち》という有名なギリシャ語の先生が訳したもので、これは父の本だったんですけれども、なんとなく青春っぽい本だから、思春期の私はそれを愛読していたわけです。そこに「あのこと」が書いてあるわけですね。

覚　どういうふうに書いてあったんですか？　官能小説みたいに、そういう場面を具体的に……。

谷川　場面じゃなくて、つまり……まだ経験がないから、年上の女の人のところに行って学ぶっていう話が出てくるんです。その年上の女の人との現場みたいなものは少し書いてあるわけ。でもそれはあんまり具体的じゃないから、読んでも実際にはどうしたらいいのかよくわかんなかった（笑）。この本です。

覚　わあ、きれいな本ですね。

谷川　戦後の本だけれど、安くてきれいな本だよね。僕、こういう佇まいの本、すごく好きなんだけれど。

覚　（本を朗読する）「接吻より効き目のあるものが潜んでいる訳」。

谷川　はははは（笑）。じゃあ次、一番最後にいきますか？

覚　はははは。はい。

11　シベリアの凍土の下
　ユカギルマンモスは
　増えていく子や孫の夢を見ている
　掘り起こされたことも見世物になったことにも
　気づかずに　まだ今も

これは「永久保存」を受けて「永久凍土」という連想をしていますね。「ユカギルマンモス」という単語に、すごく私の何かをそそる響きがあって、ただの

「マンモス」じゃなくて「ユカギル」とつけたいなあ、と思って書いたのを覚えてる。この「見世物」は愛知万博のことで、ユカギルマンモスが展示されてて実物を見てるんです私。最終行は「気づかずに　まだ今も」と終わりっぽくなってますね。「増えていく子や孫」というふうに、言祝ぎの方向にいっているようにも読めます。

編　この対詩リハーサルは11で終わるんですね。覚さんで始まって、覚さんで終わっています。対詩の場合、12まで、つまり覚さんで始まったら谷川さんで終わるというのが一般的だと思うのですが、これは何か11で終わる理由があったのでしょうか？

覚　あ、ほんとだ。じゃあれかな、12を意識して、もう言祝ぎの方向に向けてるだけかもしれないです。12は書かなかったのかなあ。

谷川　あとで覚さんが自分の家で11を書いたんじゃないかな？

覚　いや、11だけを家で書くっていうのはちょっと考えられないなあ。私のパソコンで11を書いて、俊太郎さんのディスプレイとはそれが共有できないシステムだった、ということは考えられますね。最初の頃だから。

谷川　あ、そうかもね。ライブ対詩のシステムは、回を重ねるごとに試行錯誤しながら作っていったから。この対詩リハーサルは初期の頃だったから、そういうこともあったかもしれない。

一行対詩

谷川　ほかにもいろいろリハーサルっぽいことをやっていて、一行で対詩をやってみたこともありましたね。「一行対詩」のほうが、この対詩リハーサルより後だったような気がするんだけれど、違う？　この一行対詩には「2016/7/4」という日付が書いてあるけれども。

覚　あ、そうですね。

谷川　七月四日ということは、これは東京ではなくて、八ヶ岳とかでやったんじゃないかな?

覚　ああ、八ヶ岳でもやりましたねえ。

谷川　これは公開作品ではなくて、完全にリハーサルでしたね。

覚　そうそう。二人の間に一つパソコンのディスプレイを置いて、順番にそこに行って打つ、みたいな。

谷川　これ、記名がないけれども谷川が最初だよね?

覚　はい、そうです。タイトルは……。

谷川　タイトルはなかったんじゃない?

覚　七月なのに「雪野原」とか書いてますよ。

谷川　えー、そりゃだってどんどんイメージは広がるもの。

覚　「ホワイトアウト」とか書いてあって、冬じゃないかな。これ、ほぼ冬ですよ。

谷川　ええー?　その日付は、絶対その時その場で書いた日付だと思うんだけど。

覚　うーん……七月四日はないなあ。ないと思う。だって、もし八ヶ岳でやってるんだったら、現場感で書いてると思いますよ。こんな三行も雪野原にこだわってるってことは、冬ですよ。

谷川　冬に八ヶ岳行ったことない……あ、行ったことあるね(笑)。ちょっとこのときの日記見てみるよ。(Macで日記を確認しながら)日記によると、七月三日に八ヶ岳のホテルに入っていて、「一行対詩を富士が美しい居間で試みる。十二編まで相談しながら終わり。」って書いてある。

覚　日記に書かれていては、お手上げでございます(笑)。裏が取れてしまいました(笑)。

谷川　だから雪なんかは、完全に想像力でやってるんですね。そんなに嘱目《しょくもく》(注:目にしたものを即興的に詠むこと）だけではやってないってことですよ。じゃあ、この一行対詩についてちょっと解説していきますか。では自分が書いた行をそれぞれ読みましょうか。谷川・覚、の順で書いています。

動き止まない雲の美しさを尺度に

渡し合う言葉も行き止まりがない

一両だけの電車の終点の向こうに広がる雪野原

凍えながら佇む私たちが抱える最果てのようなもの

ホワイトアウトにひそむ色の渦

丸腰で生まれてきたのに

知らないうちに見えない刺青で身を鎧っている

誰も傷つけたくないから自分を傷つけて

草木の静けさにからだを預ける

与えられた自由をもてあましながら

捨てても捨ててもなお湧いてくるいのち

いま　この今を充満させよと

谷川　櫂の会の「連詩前史」というのがあるんですよ。櫂の会で連詩を始めた時に、一体何行でやるかというのがすごく問題になって、本当に試行錯誤して、何回目かに一行でもやったことがあるのね。でも一行でやるとすごく連句に近くなってしまって、現代詩でやる意味があんまりない、という結論になった記憶があるんです。で、行数を自由にしたりすると、たとえば友竹辰なんかは一人で三十行くらい書いちゃうわけですよ（笑）。そうするともう連詩にはならないわけね。我々仲良しなもんだから、「そういうのダメ！」とか否定しないで、それをそのまま使ったりしていたんですけれど。そのうちに、だんだん三行・五行みたいな形が自然に生まれてきたんですね。それがのちに「しずおか連詩」なんかに応用されています。だから連詩の三行・五行の形は大岡信が作ったというよりも、櫂の会の連詩の試行錯誤の末に、ああいう形式が自然に生まれてきたという感じなんですね。

覚　櫂の会の頃の俊太郎さんの三行詩、五行詩は、今と全然違いますよね。もっと現代詩寄りというか。

谷川　ああ、そうかもしれない。大岡はもともと古典の連句をやっていた人で、それを僕が「現代詩でやろうよ」って言い出したわけだから、やっぱり古典との差異化みたいなことは頭にありましたね。現代詩で成り立つかどうか、みたいな。一種の実験だったわけです。それに今ほどオールラウンドじゃなかったしね、僕も。

覚　おお（笑）！

谷川　今のはピンポンの比喩ですよ、大げさに取らないでね（笑）。一行っていうのは相手を受けやすくて、その点はすごく魅力的だから、ちょっとやってみようということで試したんですよね、これは。

覚　そうですね。なんかとても自然に、ギクシャクせずにできている感じがします。

谷川　うん。一行だからか、普通の詩と同じ感覚で読めるところがありますよね。それでいて自分一人で書くのとはちょっと違うような飛び方もあるし。だけど組む相手によっては、すごいギクシャクすると思うんだよね。だから僕と覚さんには、日本語の調べとかメロディとかリズムの感覚において、どこか共通点があるんじゃない？

覚　そうかもしれません。場合によっては、一行対詩は向付の嵐みたいなことになり得ますもんね。投げあってばかりで誰も回収しないみたいな。

谷川　そうそう。

編　知らない人がこの作品を読んだら、一人の人が書いた一篇の詩なのかな、と思うかもしれないですね。

谷川　うん、そういうふうに読めちゃうよね。

覚　でもよく読むと、私が絶対出さないフレーズ、俊太郎さんも絶対出さないフレーズっていうのがそれぞれありますよね。

谷川　そうそう。

覚　「ホワイトアウトにひそむ色の渦」っていうのは、私は絶対書かないな。

谷川　僕は「私たちが抱える最果てのようなもの」っていうのは多分書かないんだよね。つまり、読んでいて「あ、この言葉は自分は使わないな」とかそういうことはあるよね、微妙に。ほんとになんか、一種の生理的な好き嫌いだから。

覚　いや、「まだ」辞書にないっていう感じです、私としては。

谷川　ああ、自分の辞書に。なるほどね。

覚　俊太郎さんは「もはや」辞書にいらない、かもしれないですけど（笑）。

谷川　ははは（笑）。一行対詩はちょっと、なぜ次の一行を書いたのか説明するのが難しいね。

覚　うーん……でも、投げてとってまた投げて、というエネルギーの運動性は確実にありますよね。「雲の美しさを尺度に、を受け取ったら次はさあどうする？」っていう一種のダイナミズム、というか。

谷川　うん。「動き止まない雲の美しさ」というのは、なんかもう自分にとっては嘱目みたいなものなんですよね。いつでもそういうものは、実際に見ていなくても自分の心の中にある、という感じなんです。それがすぐに言葉になるところが、対詩というものの意識だよね。

覚　「一両だけの電車」は、小海線かなあ。でも小海線は一両だけじゃないですよね。

谷川　僕、電車は一両だけのが好きなんだよね。

覚　はー。

谷川　昔の、ちょっと田舎の電車なんですよ、一両の電車っていうのは。今はもうなくなっちゃったけど、軽井沢から北軽井沢に行く草軽電鉄にも一両の電車があったの。もし自分が模型のレールを敷くんだったら、新幹線みたいなのを走らせるんじゃなくて、一両だけのすごく田舎っぽい電車を走らせたいなと思いますね。それからこれ、夏の盛りなのに「雪野原」とか「ホワイトアウト」とか冬の話をしているのが面白いね。

覚　うーん、でも「雪野原」って投げてるのは俊太郎さんだから、季節に関係なくこれを投げたってことですよね。

谷川　そうかもね。なんか僕、「ホワイトアウトにひそむ色の渦」っていうの、他の詩でもこのイメージを使った記憶があるんだよね。

覚　私もなんか、懐かしい気がした。ライブ対詩「封印を解くように」の何詩目かで、ホワイトアウトが出てきてるんじゃないかなあ。（※21「目覚めると一面の雪景色／その白は色を待っていない　言葉も／ただそこにある白に人は何かを教えられている」）

谷川　出てきたかも。「刺青」も出てきたよね。（※33「さまざまな老若男女の／刺青ばかりを撮った写真集に魅せられた／顔も表情もなかったが人間が見えたような気がした」）

覚　出てきましたね。刺青の写真集。

谷川　そうそう。だからそういう、その詩人が好きな語彙っていうのがあるんだね、ある程度。

覚　うん、そうですね。この「ホワイトアウトにひそむ色の渦」という組み合わせは、なんかやっぱり私の体の中にないというか。

谷川　うんうん。中学生くらいの時に、「すべての色を混ぜ合わせると白になる」っていうのを知って、すごく印象的だったのね。

覚　え、黒になるんじゃないですか？

谷川　白になるんじゃないの？　黒になるの？
覚　黒です。
谷川　ああ、本当（笑）。じゃあ何かで間違えて覚えていたのかな。なんかとにかく、色が白に向かってなくなる、っていうふうな意識があるんだよね。
編　色ではなく、光の場合は、赤と青と緑を足すと白になります。
谷川　ああ、じゃあそれだ。それを覚えていたんだ。
覚　ちょっと気付いたんですけど、偶数行の私が書いてるほうは、そのまま歌詞になる。でも俊太郎さんの行は、歌詞にはならない。
谷川　そう言われてみると、そんな気がしてくるね。
編　それはどういうところが違うんでしょうか？　歌詞になる／ならないというのは。
覚　なんだろう……。感傷に行ってるのかな。それか、奇数行の投げかけに対する「落としどころ」として、常に偶数行で受けなくては、という心が働いてるのかも。「落としどころ」を作るのが歌詞だから。
谷川　うん、そうかもしれないね。
編　一行対詩をやってみてどうでしたか？
谷川　なんかやっぱりつまんないんだよね。
覚　単純すぎる。
谷川　そう、だからつまんないんだよ。詩自体がふくらまないって言えばいいか。情報量も少ないし、「どこを受けるか」みたいな楽しみがないわけ。一行だと大体受けるところが決まってくるから。
編　初心者には、一行対詩というスタイルはオススメですか？
覚　初めての人には逆に、やりにくいんじゃないですか？
谷川　うん、なんか僕もそんな気がする。
覚　呼吸が合わないというか。対詩の相手と呼吸を合わせる感覚に慣れていないと悩んじゃうかもしれない。
谷川　なんかゆとりがないでしょう、一行だと。だから初心者だと、すごいベタに付けちゃう気がしますね。

覚　あと、なんか抽象的ですよね。相手がいて自分だけじゃコントロールしきれないから抽象にいくしかないというか。

谷川　うん、そうそう。

覚　切実なところに行けそうで行けない。それは、お互いの切実さがそれぞれ違うからですね。自分から投げたものの深め方が、やっぱり一行ずつだと限界がある。

谷川　自分のメロディとかリズムみたいなものが、一行だとはっきり出てこないんだよね。語彙はある程度、好みのものが出てくるけれど。

覚　ともあれ、緊張して生きてるんだなあ自分、って思った。この、最初の3詩までの緊張のしようといったら！

谷川　でも、歌うときは緊張するとか言ってたよね？で、それがだんだんなくなってきてるんでしょ？

覚　まあそうですね。同じステージライブですけど、歌のほうがやっぱり対詩よりもむき身になる感じがありますね。身体表現はごまかせないので。

谷川　対談とか、そういうしゃべりで緊張することはない？誰か相手がいてしゃべるときに。

覚　対談は全然緊張しない。あんまり気心の知れない人とはやってないからかなあ。

谷川　ああ、そうかもね。僕はまだ若い頃、ちょっと年上の人と対談するときにすごく緊張したのね。なんか自分にはしゃべる内容がないっていう感じがして。それがね、外山滋比古さんと対談したときにその呪縛が解けた、という感じがあったんですよ。

覚　どうしてどうして!?

谷川　いや、わかんない（笑）。そこまで自分が成長してたのかもしれないし、外山さんの受け方が良かったのかもしれないけれど、そのときのことはなんか今も印象に残ってるんですよね。それからはわりと誰とでも平気で対談するようになりました。

覚　そのとき外山さんとどんな話をしたんですか。

谷川　何十年も昔だから忘れちゃった。何かの本に入ってると思うけれど。わりと長い対談だったよ。（※『対談』谷川俊太郎（すばる書房盛光社）収録）

覚　（改めて原稿を手にとって眺めながら）あーそれにしても、やだな、この対詩リハーサルの第1詩、恥ずかしいな。自意識のカタマリになってる（笑）。

谷川　え、そうかな。

覚　恥ずかしい。でもいいんです、恥ずかしくてなんぼですから、ライブ対詩は。……いいな、「恥ずかしくてなんぼのライブ対詩」。自分で言って、本当にそうだと思うな。

谷川　はははは。

駒沢通りDenny's I

1
ランチタイムのざわめきの中に
もつれている意味と無意味
はるか遠くにたたずむ山々に向かって
幼児がむずかっている
俊

2
山はいつもここにある
森の呼吸を忘るるなかれ
経済危機も温暖化も基地問題も
高天原《たかまがはら》から見れば解決はちょろいのだが
覚

3

久しぶりの祖父の大言壮語の愛嬌に
カナダの大学で学ぶ孫は生真面目に反論している　俊

4

ドミトリーのセントラルヒーティングが
調子の良かったためしはなくて
あっちからもこっちからも
聞こえてくるパイプを叩く音
それが宿題するときのBGM　覚

5

義父の誕生日の祝いに何を選ぶか

妻は夫に知恵を借りたいのだが
夫は今年もワインでいいだろとつれない　　俊

6
血によってつながれる
指の形　立ち姿　思想
お雑煮の具材　口癖とイントネーション　　覚

7
家系図を辿っていくと新田義貞に行くんだ
高校時代の友人の自慢を
父は何故か寂しそうに母に語っている
墓地を買う買わないの話からそこへ流れたのだが　　俊

8

遺言には財産分与よりほかのことを書いてもいいだろうか
たとえば連れ合いへの、子どもたちへの、感謝と心残り
あの夏休みの暮れどきの
止まない蝉の声と青草の匂いについてなど
覚

9

メープルシロップと甜菜糖《てんさいとう》のどっちが体にいいか
そんなことをディベートでやるんだぜと兄
ぜんざいを楽しみながら妹はふーんと無関心
俊

10

スカイプがあるから地球規模遠距離恋愛も可能かな
でももはや英語より身につけたいのは予知能力

希望の未来が叶わないとわかっていたら
傷つかないですむ　覚

11

近頃の若い者はという発想は新聞雑誌に任せて
私はひとりひとりの若いやつの違いを見るのが大事だと思うと父
そんな正論はさておいてとは娘の肚《はら》の中
家族三世代揃っての夕食は珍しい　俊

12

おいしいと言い合える幸せがあると
死ぬ間際にならなければ気づかなかった
生きることを手放さないでおこう
まだ少し時間はあるから　覚

駒沢通りDenny's II

1

赤ん坊の絶叫を号砲にして
旅は始まる
雨季に入ったばかりのトーキョーから

覚

2

州境を越えてもまだスカイラインが見える
振り返りたくないと思いながら
ふと思い出す日本語は
「後ろ髪を引かれる」

俊

3

あんまり空が大きいので
雲を撮るのが癖になった
十時の方向に写り込んでいた光の玉
それをこのあたりの先住民はマルカと呼んで
神様にしているという
覚

4

言葉では知っていた地平線
初めて実際に目にしたのは修学旅行の時
無限に向かって歩き出したくなった
俊

5

夕日を追いかけていくと
朝日に生まれ変わる瞬間が

目撃できないか
両面宿儺《りょうめんすくな》のように
ふりむいてにやりと笑う太陽を　　覚

6

行くと言い帰ると言うが地球は丸いし
時間は一方通行だ
マロニエの並木が続く一本道を歩きながら
埒《らち》もないことを考える　　俊

7

詩を書いている私　詩を書く前と詩を書いた後の私
詩を書いていない私　まだ詩を書いたことのない私
詩を書くなんて思いもよらない私

詩を書かなくなって旅に出る私
同時に起こるたくさんの私を思って
多次元構造が分かった気になる私
覚

8
無人駅に止まった
一両だけの電車に乗っているのは私ともう一人だけ
そのひとを誘って降りたくなった
それからどうする?と自問して腹の中で笑った
俊

9
曇り空がひとり旅にふさわしい
朝からケルトの子守唄が
頭をぐるぐる回って

寝かしつけたい誰かが欲しいのか
それとも誰かにあやされたいのか
覚

10
夢で旅していた
窓を開けたら波の音が聞こえてきた
東海道ではないのに広重版画のような風景
アラームが鳴って砂漠の今ここに目覚めた
俊

11
このまま死ぬまで旅していたい
手つかずの街角を背景にしたら
手つかずの面影を発掘できるかもしれないから
目覚めたミイラの少女さながらに
覚

12

座ったまま言葉を旅させて
心の中で何枚も見えない絵はがきを書いたが
地図はちらりとも見なかったから
この旅の思い出は未来に向かっている

俊

ライブ対詩・封印を解くように

1

エリオットだって銀行員だった
貨幣は人生を決定する大きな要素だ
海岸のデッキチェアでそう書いて
彼は眼鏡を拭いた　　俊

2

くもった水平線がふたつに分ける景色は
空と海
天国と地獄
それとも未来と過去　　覚

3

青という色はブルーズと結びつく
俺はマンドリンで歌うんだぜ
ウエールズから来た男が言った

俊

4

5本目の弦だけが短いんだ
ぼくは夜じゃない
夜はあなたじゃない
夜はこぼれ落ちる16分音符の砂
動き続ける指のすきまから

覚

5

ガムランを聴いていると自分の日常が
どこにあるのか分からなくなる
記憶の底にひそむ東洋が
地理的なものではないと分かっているが

俊

6

垂直方向の旅に出かけよう
きみの階段は狭いかもしれないけれど
ティラノサウルスがこっちへおいでと
短い前足でまねいてる
食べられてしまうのも喜びだと思えば

覚

7

心理療法家は家へ帰ると

一晩中落語を聴いている
妻は環境保護に熱心だ
俊

8

今ごろレッドロックのてっぺんで
狼の手ほどきを受けてるのは
ネイティブアメリカンのカルロスさん
いつまでたっても遠吠えだけは
うまくならないけれど
覚

9

ジョン・ウェインが大股で通路を歩いてきた
銀座の映画館での六十余年前の話
まだ騎兵隊に人気があって

誰もベトナムで何が始まっているか知らなかった　俊

10

終わったかどうかさえわからない
終わらないまま　また始まって　やがて誰も語らなくなる
薄紅のはなびらが散って
道の行き止まりに向かう背中を染めるのは
夕焼けだろうか朝焼けだろうか　覚

11

デッドエンドなんて嘘だと思った小学3年のころ
地獄だって天国だってあるじゃないか
時間も空間もエンドレス
子どもの宇宙は大人の宇宙よりはるかに巨大だった　俊

12

ここからいちばん遠いところ
ピアノの音と音の間のような
今いるここと地続きなのに
夢と区別がつかないところ

覚

13

町の助役はオルゴールを作ると言っている
ぬいぐるみはもう飽きられるだろう
町歌が誕生したのは大正5年だが
歌詞は古くても旋律は十分モダンだ

俊

14

「はつ夏の風がうたわせる
暗渠《あんきょ》の蒼いせせらぎよ
まぶたを染める早《さ》緑《みどり》が
胸のうつわを満たすとき
ああ記念樹は六本木　わたしのいとしいふるさとの」
覚

15

大地の下で根っこは養分を分かち合い
枝々にそれぞれの形の葉を茂らせる
太陽は無表情に地球に光と熱を降り注ぐ
人だけだ草原の砂漠化を心配しているのは
俊

16

種芋１００個がロンジュの結納金になった

日本に連れて行くと言ったら
小さい弟に泣かれた
明日からは姉さんのサリーを枕に巻いて
抱きしめて寝なさい　覚

17

ここの夕暮れは私の土地のいつなんだろう
経度と緯度の網の目は見えないのに
それが買い物袋みたいに思えてきて
そこに何が入るんだろうと思っている　俊

18

よく冷やした地球に包丁を入れようか
前の夏から続いてる蝉の声が

盥《たらい》の氷をかきまわす
八分の一の甘みを舌でつぶして
恋人が召集されない戦場の空の色を思ってる　覚

19

岩は声を覚えている
囁きも叫びも沈黙すら
岩の時間は小鳥の時間よりゆっくりしている　俊

20

かみさまがおられるとしたら
いろやかたちのなかにではなくて
おとのふるえやひびきのあいだに
たとえばあかんぼうのきこえぬあくびに　覚

21

目覚めると一面の雪景色
その白は色を待っていない　言葉も
ただそこにある白に人は何かを教えられている

俊

22

セントマイケル島の蟻の巣みたいな房にこもって
修道士たちは詩篇を書き写した
ときどき青葱をかじって波音に呼吸を合わせて
終わっていく一生が
遠くない私の過去世だったはず

覚

23

写本の競りは5桁から始まった
収集家はＩＴ関係の若い男だという噂
値上がりを予想しているのかというのはゲスの勘ぐり

俊

24

ジャンヌ・ダルクが脱ぎ捨てたスカートをひるがえし
できるかぎりの大股で
彗星の尾を見失わないように
かぎ裂きの未来へと

覚

25

天文学の本の隣に家計簿が立っている
シングルマザーで生きるのを選んで3年になる
明日の予定はスマホに入ってるが

来年の予定はまだ空白のまま
俊

26

野鹿の家族が溶けかけた雪の原を走っていく
わたしたちには今しかない
生きるための本能とそれが動かす手足しかない
覚

27

今見ている光景のどこかに詩がひそんでいるはずだけれど
それが言葉になるまでには時の恵みが要る
今を引き延ばす方法？
それも詩の詐術かもしれない
俊

28

太陽時間から銀河時間への移行期
歯車はオレンジの輪切り
同じ3分間でも熟れ方が変わるんだ
たぶん酸っぱさも

覚

29

俺はキャベツの時間で生きていると
その老いた農夫は言う
キャベツを食えば時計なんか忘れてしまう
孫の高校生は祖父を気障《きざ》な男だと思っているらしい

俊

30

家族写真のセピア色
こんぐらがった愛憎は褪せて上等

揃って静止するまなざしは
数珠つなぎのドラマを見通している
覚

31

いつも背景に富士山があった
それが鬱陶しい朝があり　それが
救いになる夕暮れがあった
俊

32

わたしがわたしであることのめじるし
きずあとでもいい　くちぐせでもいい
それをよりどころにしてたっていられる
しらないまちでしんでも
わたしだとみわけがつくような
覚

33

さまざまな老若男女の
刺青ばかりを撮った写真集に魅せられた
顔も表情もなかったが人間が見えたような気がした

俊

34

裏表紙のウユニ塩湖は地上の星空
うつむいていたって
はるかなものには結ばれている
うずくまる胎児のへその緒のように

覚

35

正月はまだ先だというのに

河原にいくつも凧が揚がっている
子らにとっては青空は宇宙につながる故郷だ

俊

36

おしまいにはたったひとつの光に
からだごとめりこませて
左胸にひとつずつ
わたしたち太陽を波打たせて

覚

37

百年の孤独といちじくリキュールのカクテルは
ポエタと名づけよう
太陽のピザ　月の丼　星屑のパスタ
新しいライブハウスは生誕の興奮に沸いている

覚

38

数億年まえに始まったすべてが終わっていないいま
どんな化石にも未来の記憶のおぼろげな光が射している
テーブルの上のこの土の器にも
俊

39

箱舟の物語は未来からの言い伝え
絶滅寸前の生き物の遺伝子
絶滅寸前の言葉
消えたものの代わりに生まれる
豊穣　そして喪の仕事
覚

40

杖を突いて塀に手を添えて
半歩ずつゆっくりゆっくり歩いて行く老人
を　目で追うのを止められない老人である自分
が思いがけず豊かな連想に溺れている
俊

41

金網にしがみついて
いつまでも見ていた戦闘機
陽気なラグタイムを引きずって
青空に置き去られる飛行機雲
彼方に待つのは進歩という名の行き止まりだったのに
覚

42

『退行計画』というエッセイを読んだのは

自分の幼児性に気づき始めた時期だった
並行して親に認知症の傾向が現れ始めていた
庭の草木の緑が目に沁みた　　俊

43

市場に母親を売りに行った男は
売り口上で声を嗄《か》らして
それ以後は筆談用のメモ帳を持ち歩いた
遺品になったその最終頁には
「念のために生きました」　覚

44

「何故生きる」という本が売れているのは腹立たしい
人間のせこさを際立たせるから

鯨に対して恥ずかしい
チンパンジーに対してだって
スミレの花に対してだって恥ずかしいよ　俊

45

部屋いっぱいをふるわせる遠吠えのような歌に
猫と並んで耳をすませる
わたしたちを立ち直らせるのは
「意味」じゃない　覚

46

隣家の松の木に落雷したとき
恐怖だけではないココロとカラダも昂《たかぶ》りがあった
音楽のフォルテッシモではない

ピアニッシモでもない自然の音の限りないひろがり
俊

47

絵画は風景そのものを超えられるだろうか
わたしたち人間の作ったものは
どれだけ永遠に指を触れることができるだろうか
覚

48

さわる、なめる、かむ、まげる、おる、たたく…
ことばも木や石や紙や金属の質感をもつ
カラダで存在に触れるところから
魂で触れることばが始まる
俊

49

ほっぺたをよお
紙やすりでこすってみろよ
痛みに気分が持ってかれて
たいがいの憂鬱は解消するぜ
覚

50

ペネタ形と雲を形容した蛙が好きだ
雲見をしている蛙たちを活写したのは賢治
童話にも詩にも仏教以前の
日本人の心象風景がひそんでいる
俊

51

活き活きしている　ということの定義
そこに運動性はあるか

そこに自由はあるか
そこに聞こえる音楽に揺さぶる力があるか　覚

52

ヒトは食べ物をこしらえる
機械を言葉をこしらえる
でも詩はこしらえるものではない
生まれるものだ　湧くものだ
だからコトバを待つことを知らねばならない　俊

53

広げた両腕は水平線
わたしから放たれるトビウオの群れを
満月が見下ろしている

孕《はら》むための暦が手渡されていく　覚

54

子を流す
いのちの川が死の川へと流れこむのを
遮ることのできる者はいない
流れに浮いている落ち葉一葉
それもいのち　俊

55

枡《ます》かけの手相を見せびらかす女
小さなマス目の手相を握る男
青空だけがひらきなおって
ありのままで　覚

56

青空が隠している夜の星々
青空の幕が上がるとあらわになる宇宙の奥行き
どこまでも行きたいと夢見るヒトの野心を
文学は笑うが科学はあくまで生真面目
俊

57

科学という名前の宗教がある
現代詩という信仰も
わたしたちにはただ伝え合うためのyesがあって
余った時間には
歌をうたっていたいだけなのに
覚

58

晴れた午後の雑木林にいると
言葉やメロディになる前の歌が
いたる所にひそんでいると思うのだが
その未生の歌が人の心と手を経ると
似ても似つかぬものになるのはどうしてなのか

俊

59

シリウスでやっていた人生では
延ばしたA音に
「愛してる」の意味も
「愛しつづけたい」の意味も
「愛したことがある」も
「もっと愛せるだろう」も　のせられた

思い出せたら生き直せることがある
封印を解くように　　覚

60

子どものころアイウエオは学校言葉だった
それがカタカナでもひらがなでもない
母のコトバの始まりになっていま
私を三千世界の入り口に導く　　俊

〈作者による解説〉ライブ対詩・封印を解くように

1

エリオットだって銀行員だった
貨幣は人生を決定する大きな要素だ
海岸のデッキチェアでそう書いて
彼は眼鏡を拭いた　　俊

誰から始めるかは普通じゃんけんで決める。詩ではあまり扱われない金銭をどこかで出したいと思って、「彼」という人物を登場させたが、小説と違ってこの「彼」を、物語の主人公にするということは考えていない。

2

くもった水平線がふたつに分ける景色は
空と海

天国と地獄
それとも未来と過去　　覚

海を見ている眼鏡は曇っていて、風景は二つのレンズで縦に分かれています。レンズの中の水平線は景色を上下に（横線で）分けています。クリシェっぽいフレーズが続いて、開始直後のここではまだぱっつんぱっつんの緊張が明らかです。

3

青という色はブルーズと結びつく
俺はマンドリンで歌うんだぜ
ウエールズから来た男が言った　　俊

2の空と海は曇っているが、1にも通じる空と海の青を受けて、違う人間を登場させた。物語ではプロットが大切になるが、詩の場合は少ない描写しかされていない一つの「場面」から、読者が自由に物語を膨らませることができる。

4

5本目の弦だけが短いんだ
ぼくは夜じゃない
夜はあなたじゃない
夜はこぼれ落ちる16分音符の砂
動き続ける指のすきまから

覚

5本目の弦が短いのはマンドリンじゃなくてバンジョーでした。自分でバンジョーを持っているのに間違えていて、ここでもまだ舞い上がっているようです。そしてしかもバンジョーはあんまり夜に似合わない気がするんだな。

5

ガムランを聴いていると自分の日常が
どこにあるのか分からなくなる
記憶の底にひそむ東洋が
地理的なものではないと分かっているが

俊

6

垂直方向の旅に出かけよう
きみの階段は狭いかもしれないけれど
ティラノサウルスがこっちへおいでと
短い前足でまねいてる
食べられてしまうのも喜びだと思えば　覚

西洋のマンドリン、16分音符などに対して東洋のガムランという音楽つながりだが、ここの「自分」は作者である谷川の気持ちを代弁している。聴いたことのある人には通じると思うが、ガムランの響きとオーケストラの音とは驚くほど違う。

冒頭「記憶の底に潜む」ものを「集合的無意識」だとうけとって、ここから意識の重層を下へ下へと探求する「垂直方向への終わらない旅」が始まりました。階段の下に待ち構えているのは、白亜紀の恐竜になぞらえた過去および過去世のトラウマの示唆ですが、食べられて喜びだと思えというのは、詩の暴力ですわね。

7

心理療法家は家へ帰ると
一晩中落語を聴いている
妻は環境保護に熱心だ　俊

垂直方向の旅は、意識の深みに向かうだろう。そこからの連想で心理療法家が出現した。この場面ももちろん私の想像力の産物だが、面白いことにライブ当日、聴衆の中に一人の落語好きな精神分析医がいたとのこと。

8

今ごろレッドロックのてっぺんで
狼の手ほどきを受けてるのは
ネイティブアメリカンのカルロスさん
いつまでたっても遠吠えだけは
うまくならないけれど　覚

「環境保護活動」から、昨今たびたび代々木公園などで催されている環境保護イベントへの連想です。その屋外ステージでケーナを吹く先住民族の男性。

そういう人には、なぜかカルロスさんという名前が多いのです。彼の自然回帰の渇望は、風と交わるケーナ演奏から、荒野の狼のかなしい遠吠えへの憧れにいや増していくのでした。

9

ジョン・ウェインが大股で通路を歩いてきた
銀座の映画館での六十余年前の話
まだ騎兵隊に人気があって
誰もベトナムで何が始まっているか知らなかった　俊

ネイティブアメリカンという言葉が、昔よく観ていた西部劇映画の記憶を呼び覚ました。ここは谷川の実体験。六十余年前はアメリカ先住民をインディアンと呼んでいた。ベトナムに介入したアメリカには、西部劇に出てくる騎兵隊のイメージがある。

10

終わったかどうかさえわからない
終わらないまま　また始まって　やがて誰も語らなくなる

薄紅のはなびらが散って
道の行き止まりに向かう背中を染めるのは
夕焼けだろうか朝焼けだろうか　　覚

ひと回し目のこの回は、この第10詩で完結しました。9の「始まっているか知らなかった」に対して「終わったかどうかさえわからない」と受けていますが、この先また続けてライブ対詩をやりますか？俊太郎さん。という問いかけでもあります。挙詩《あげし》（挙句《あげく》）では礼儀として、明るい雰囲気で全体を言祝いで終わるのが一般的です。

11

デッドエンドなんて嘘だと思った小学3年のころ
地獄だって天国だってあるじゃないか
時間も空間もエンドレス
子どもの宇宙は大人の宇宙よりはるかに巨大だった　　俊

〈行き止まり〉という語にはイメージの広がりが隠れている。この小学3年生は私ではないが、一人っ子の私は、若いころ自分は家族や国に属しているより先に、宇宙に属していると感じていた。

12

ここからいちばん遠いところ
ピアノの音と音の間のような
今いるここと地続きなのに
夢と区別がつかないところ　覚

「子どもの宇宙は大人のより大きい」を子どもの感性がとらえる「宇宙の無限」という視点で受けとり、子どもに戻ってうたってみました。「永遠」が何かと何かの「間」にあるという発想はいくばくか天啓っぽいのですが、後になって旧約聖書の民数記7－89の「一対のケルビムの間から、神が語りかけられる声を聞いた」というフレーズに出会って、あっと小さく叫んだことでした。

13

町の助役はオルゴールを作ると言っている

ぬいぐるみはもう飽きられるだろう
町歌が誕生したのは大正5年だが
歌詞は古くても旋律は十分モダンだ　俊

抽象になっていく動きがあるのを、私は具体で止めてみようと試みた。短篇小説の断片のような文章が、詩と詩をつなぐ役目を果たしていると思うのだが。私たちが普段暮らしている俗世間は、ともすれば高みを目指す詩にとって錘《おもり》のような働きをするのかもしれない。

14

「はつ夏の風がうたわせる
暗渠の蒼いせせらぎよ
まぶたを染める早緑が
胸のうつわを満たすとき
ああ記念樹は六本木　わたしのいとしいふるさとの」　覚

「町歌」だったらきっと歌詞はこんなのでしょう。ふた回し目のこの回まではライブ対詩の会場が六本木だったので季節とともに往時の風景を好き勝手に想像しました。とは言うものの、出身地《ふるさと》が六本木の人って、まだ聞いたことがないですな。

15
大地の下で根っこは養分を分かち合い
枝々にそれぞれの形の葉を茂らせる
太陽は無表情に地球に光と熱を降り注ぐ
人だけだ草原の砂漠化を心配しているのは　俊

14は歌詞という設定で他の詩と明らかにスタイルが違う、それをちょっと哲学っぽいスタイルで受けてみた。対詩の進行は直線ではつまらない。紆余曲折を作る工夫が楽しい。一つ一つの場面を、ゆっくりしたスライドショーのように読むこともできるはずだ。

16
種芋100個がロンジュの結納金になった

日本に連れて行くと言ったら
小さい弟に泣かれた
明日からは姉さんのサリーを枕に巻いて
抱きしめて寝なさい　覚

「草原の砂漠化」はインドに深刻だという記事を前に読んだことがあって、(元インド領)バングラデシュ人の友人の亡姉の名前ロンジュを借りて物語を創作しています。ＪＩＣＡとかで農業の技術指導に行った日本人青年と美人で働き者のロンジュが恋に落ち、小さい弟を残して遠い日本にお嫁入りする前の晩のおはなし。にしても婿さん、若干冷たい。

17

ここの夕暮れは私の土地のいつなんだろう
経度と緯度の網の目は見えないのに
それが買い物袋みたいに思えてきて
そこに何が入るんだろうと思っている　俊

作中の「私」はこの対詩の中では変幻自在だ。いわゆる叙情詩と違って私イコール作者ではない。作者が自分以外の存在になることを楽しむのを、小説だけに任せておくのはもったいない。16の姉と17の私は現代に生きる人間として、人種も時空も超えて、詩によってむすばれている。

18

よく冷やした地球に包丁を入れようか
前の夏から続いてる蝉の声が
盥の氷をかきまわす
八分の一の甘みを舌でつぶして
恋人が召集されない戦場の空の色を思ってる

覚

子どもの頃から「網目の買い物袋」にスイカ以外の何かを入れているのは見たことがないです。「経度と緯度」が地球を等分に切り分ける目安線だとしたら、国境というのは何をどう切り分けるための目安線なのでしょう。

19

岩は声を覚えている

囁きも叫びも沈黙すら
岩の時間は小鳥の時間よりゆっくりしている　俊

毎夏聞こえる蝉の声が、過去を現在につなげる。その〈声〉という語だけを受けて、「閑《しず》かさや岩にしみ入る蝉の声」という芭蕉の句を連想した。

20

かみさまがおられるとしたら
いろやかたちのなかにではなく
おとのふるえやひびきのあいだに
たとえばあかんぼうのきこえぬあくびに　覚

沈黙の中に「かみさま」はいる。喧騒の場所にはいられない。見えるものや手に触れられるものにも宿るけれど、なんといっても「かみさま」は静寂が好き。そう信じている自分がいます。

21

目覚めると一面の雪景色

その白は色を待っていない　言葉も
ただそこにある白に人は何かを教えられている　俊

20を読んでいて色即是空《しきそくぜくう》という言葉が浮かんだ。耳から目への転換だが、白に象徴される充実した〈ブランク〉で聴覚と視覚、空間と時間が言語を失って溶け合うような感覚がある。

22

セントマイケル島の蟻の巣みたいな房にこもって
修道士たちは詩篇を書き写した
ときどき青葱をかじって波音に呼吸を合わせて
終わっていく一生が
遠くない私の過去世だったはず　覚

最終行を受けて。人が何かを「教わる」ときがあるとすれば、それはその人が自らの中に問いかけを持つときでしょう。詩篇を書き写すだけで終わる一生ですら、人は何かを学べると信じたい。アイルランドに感じる深いなつか

――しさは、間違いなく私の過去世だと思います。

23

写本の競りは5桁から始まった
収集家はIT関係の若い男だという噂
値上がりを予想しているのかというのはゲスの勘ぐり　俊

修道士たちが書いた写本がオークションにかけられている。中世から現代へいきなり時代が跳ぶ、そんなプロットに縛られない自由さが対詩（また連詩）の楽しさの一つ。

24

ジャンヌ・ダルクが脱ぎ捨てたスカートをひるがえし
できるかぎりの大股で
彗星の尾を見失わないように
かぎ裂きの未来へと　覚

競売の場面を受けて、ジャンヌ・ダルクの古着へと連想していますが、それは絶対に偽物でしょうね。ここまで24編、これがこの回の挙詩なので、連詩のならいにのっとって、世界を開くほうへ、寿ぐほうへ。

25

天文学の本の隣に家計簿が立っている
シングルマザーで生きるのを選んで3年になる
明日の予定はスマホに入ってるが
来年の予定はまだ空白のまま　俊

ジャンヌ・ダルクからシングルマザーへ、想像力の振幅が大きいのも対詩の魅力の一つだろう。相手の言葉に触発されて自分でも思いがけない言葉が出てくる、それがまた相手の言葉を誘う、何か言葉の連鎖反応のようなものが働く。

26

野鹿の家族が溶けかけた雪の原を走っていく
わたしたちには今しかない

生きるための本能とそれが動かす手足しかない　覚

最終行「空白」が一面の雪野原に思われてきて、そしたら二〇一四年冬の関東の豪雪を思い出したのです。あのとき私は八ヶ岳にいて、原稿書きをしている目の前の雪原を野鹿の家族六、七頭が横切っていくのを見ました。五十メートルの距離をはさんでボスの大鹿と目が合ったとき私たちはまぎれもなく「交感」したのでした。文中「わたしたち」の主体はこの大鹿です。

27

今見ている光景のどこかに詩がひそんでいるはずだけれど
それが言葉になるまでには時の恵みが要る
今を引き延ばす方法？
それも詩の詐術かもしれない　俊

21の〈白〉が26の〈雪の原〉に谺している。〈今見ている光景〉は26の詩行が描写している光景だが、同時にそれは読者の目前の光景であってもいい。詩はせかせか書くものではないが、対詩・連詩の場合は相手を待たせすぎて、

——詩作の流れが滞るのは暗黙のうちに避けている。

28

太陽時間から銀河時間への移行期
歯車はオレンジの輪切り
同じ3分間でも熟れ方が変わるんだ
たぶん酸っぱさも
覚

「時の恵み／今を引き延ばす方法」を受けて。映画「時計じかけのオレンジ」からの「輪切り」でしょう。ちょうどこの頃太陰暦の書き込み手帳を使っていました。

29

俺はキャベツの時間で生きていると
その老いた農夫は言う
キャベツを食えば時計なんか忘れてしまう
孫の高校生は祖父を気障な男だと思っているらしい
俊

前の詩のどこを、または何を受けるか、それを考えるのは難しいが楽しい。
28と29は時間という切り口でつながっているが、オレンジとキャベツの色の対比もつながりに色を添えていると思う。

30

家族写真のセピア色
こんぐらがった愛憎は褪せて上等
揃って静止するまなざしは
数珠つなぎのドラマを見通している　覚

時間と家族とくれば、集合写真。

31

いつも背景に富士山があった
それが鬱陶しい朝がありそれが
救いになる夕暮れがあった　俊

30のセピア色も色つながりになっているが、場面は家族写真に変化している。そこでの人間関係に入ってゆくこともちろんできるけれど、ここでは背景を書くことで世界を少し広げようとした。

32

わたしがわたしであることのめじるし
きずあとでもいい　くちぐせでもいい
それをよりどころにしてたっていられる
しらないまちでしんでも
わたしだとみわけがつくような

覚

「いつも背景に富士山」がふるさとのシンボルなら、アイデンティティーのめじるしは何だろう。旅すがらの横死は私の憧れの死に方のひとつです。

33

さまざまな老若男女の
刺青ばかりを撮った写真集に魅せられた
顔も表情もなかったが人間が見えたような気がした

俊

32のひらがな表記を、若い女性の言葉として読んで、自分のめじるし、つまりアイデンティティーとしての刺青に場面を転換してみた。写真集にしたのは生身の生々しさを避けたかったから。

34

裏表紙のウユニ塩湖は地上の星空
うつむいていたって
はるかなものには結ばれている
うずくまる胎児のへその緒のように　覚

「刺青の写真集」が友人の高砂淳二さんの写真集『ASTRA』に結びつきました。満天の星を映したウユニ塩湖の湖面のショットは此岸と彼岸のあわいそのもの。

35

正月はまだ先だというのに
河原にいくつも凧が揚がっている
子らにとっては青空は宇宙につながる故郷だ　俊

日常を宇宙に、ささやかなものをはるかなものへと開いていきたいという傾向は、この対詩の作者二人に共通なようだ。連詩を巻いていても気が合う人、あまり合わない人に分かれることがある。知らず知らずのうちにそれが、詩のつながりに出てくることがある。

36

おしまいにはたったひとつの光に
からだごとめりこませて
左胸にひとつずつ
わたしたち太陽を波打たせて
覚

「青空」が外在している宇宙なら、内在宇宙は何だろうと考えました。一点の光、そこに私という存在丸ごとめりこんで、トーラスしてひっくり返ればそれが内在宇宙。ここではそのように取り急ぎ決めてみました。第3コーナー36編の挙詩です。

37

百年の孤独といちじくリキュールのカクテルは
ポエタと名づけよう
太陽のピザ　月の丼　星屑のパスタ
新しいライブハウスは生誕の興奮に沸いている

覚

四回し目のこの回から順番を変えて覚が奇数回を担当。会場は代官山のライブハウス〈晴れたら空に豆まいて〉に変わり、店では出演者の我々にちなんだ飲み物を出しました。「百年の孤独」といちじくリキュールのカクテルは、いずれも俊太郎さんの好物。なのでポエタ（スペイン語で「詩人」）。この頃私は実際に友人のライブハウスの立ち上げにちょっと関わっていました。

38

数億年まえに始まったすべてが終わっていないいま
どんな化石にも未来の記憶のおぼろげな光が射している
テーブルの上のこの土の器にも

俊

39

箱舟の物語は未来からの言い伝え
絶滅寸前の生き物の遺伝子
絶滅寸前の言葉
消えたものの代わりに生まれる
豊穣　そして喪の仕事　　覚

俊・覚の順番で始まったのをここで反転しているのは、付ける相手を変えることで、流れに変化が起きることを期待するからだ。連詩の場合は順列組み合わせを考えるのは大変だが、対詩の場合は簡単。俳句の嘱目という書き方は、対詩でも時に重宝する。一人で書く時は考えて推敲を重ねて書くのが普通だが、〈座〉で書く対詩・連詩の場合は、即興性ということも大切になる。

〈匂い付け〉と言って、雰囲気でつなげる付け方です。「なんかベタ付けじゃん」とステージ上で俊太郎さんに言われて、ガチ腹立つわー、と思った記憶あり。

40

杖を突いて塀に手を添えて
半歩ずつゆっくりゆっくり歩いて行く老人
を　目で追うのを止められない老人である自分
が思いがけず豊かな連想に溺れている　　　俊

絶滅という強い語が、老いのイメージを喚起した。「ゆっくり歩いて行く老人」は記憶に残っていたものだが、その老人に自分を重ねると、いま対詩を続けている時間と、そこから生まれる詩行の豊かさのコントラストが心に浮かぶ。

41

金網にしがみついて
いつまでも見ていた戦闘機
陽気なラグタイムを引きずって
青空に置き去られる飛行機雲
彼方に待つのは進歩という名の行き止まりだったのに　　　覚

この日、開演する直前に会場の前で俊太郎さんと二人、立ち話をしていました。この時向かいの金網に沿ってゆっくりゆっくり歩いてきたお年寄りがいて、私たちは少し黙りました。40はこのことだとわかりました。金網から米軍基地への連想です。私はベースの文化にあまり興味がないのですが、子ども時代を基地近くで過ごした友人は多くいて、彼らの話からの着想です。

42

『退行計画』というエッセイを読んだのは
自分の幼児性に気づき始めた時期だった
並行して親に認知症の傾向が現れ始めていた
庭の草木の緑が目に沁みた　俊

進歩に対する退歩、やや連句で言う向付の気味があるが、実在の鶴見俊輔の名を出すことで、否応無しに私的な思い出に引きずられた。

43

市場に母親を売りに行った男は
売り口上で声を嗄らして

それ以後は筆談用のメモ帳を持ち歩いた
遺品になったその最終頁には
「念のために生きました」　　覚

「認知症の親」を受けて、まさしくそのことを書いた俊太郎さんの詩「母を売りに」を本歌取りしました。二行目以降は私の勝手な創作ですが、人は何かを失ってからのほうが本当の意味で「生きる」のかもしれないです。

44

「何故生きる」という本が売れているのは腹立たしい
人間のせこさを際立たせるから
鯨に対して恥ずかしい
チンパンジーに対してだって
スミレの花に対してだって恥ずかしいよ　　俊

43には私の「母を売りに」という作へのアリュージョンがあるが、それよりも〈念のために生きました〉という語句がショッキングだ。そこからこの時代の生死観のあり方への疑問が自然に出てきた。

45

部屋いっぱいをふるわせる遠吠えのような歌に
猫と並んで耳をすませる
わたしたちを立ち直らせるのは
「意味」じゃない

覚

鯨の歌の音源があって、それ（だけ）を部屋いっぱいに鳴らして暮らしていた鬱の時期がありました。私を回復させたのは「意味」じゃなくて「音」のほう、「波動」だったと思っています。猫がとんできてうずくまって一緒に聴いていました。

46

隣家の松の木に落雷したとき
恐怖だけではないココロとカラダも昂りがあった
音楽のフォルテッシモではない

ピアニッシモでもない自然の音の限りないひろがり　俊

人間が創る音と自然が出す音の対比。音にも音楽にも言葉にあるような〈意味〉はない。意味まみれの現代では、意味のみによっては解けない問題、癒されない悩みが増え続けている。

47

絵画は風景そのものを超えられるだろうか
わたしたち人間の作ったものは
どれだけ永遠に指を触れることができるだろうか　覚

「音楽」から離れて前にすすめなければという心の働きがありました。連詩には「停滞しないで後退しないで前に前に展開していく」という不文律があります。前詩に絵画的な風景が見える気がしたのと、音楽から絵画へというジャンルのわりと単純な受け渡し。

48

さわる、なめる、かむ、まげる、おる、たたく…

ことばも木や石や紙や金属の質感をもつ
カラダで存在に触れるところから
魂で触れることばが始まる
俊

見る、聞く以前に触るがある。大岡信の詩に「さわる」という名作がある。
(※『自選 大岡信詩集』P61岩波文庫)

49

ほっぺたをよぉ
紙やすりでこすってみろよ
痛みに気分が持ってかれて
たいがいの憂鬱は解消するぜ
覚

一連の動作単語を受け、そこになかったのが「こする」だったので。「たいがいの憂鬱」で実は前の前の45を意識しています。連詩は戻ったらいかん。

50

ペネタ形と雲を形容した蛙が好きだ

雲見をしている蛙たちを活写したのは賢治
童話にも詩にも仏教以前の
日本人の心象風景がひそんでいる　俊

喋り方は人さまざまで、その人の個性の一端を担っている。文体にそれを反映させることも、対詩を面白くする工夫の一つ。ちょっとべらんめえの49から、どうして宮沢賢治の童話なのか、意味的にはつながらないが、語り口にひそむ面白さのようなものからのつながりだろうか。

51

活き活きしている　ということの定義
そこに運動性はあるか
そこに自由はあるか
そこに聞こえる音楽に揺さぶる力があるか　覚

「活写」の語を受けて。俊太郎さんに「左脳的にできてる詩」とか言われて、次は突っ込んでやるうおおお（咆哮）、と思いました。

52

ヒトは食べ物をこしらえる
機械を言葉をこしらえる
でも詩はこしらえるものではない
生まれるものだ　湧くものだ
だからコトバを待つことを知らねばならない　俊

詩人は、少なくとも私は、〈詩とは何か〉を詩を書くことで探り続けている。「コトバを待つ」というのは、対詩が進行している現場での実感だが、それは詩作の基本でもあると思う。

53

広げた両腕は水平線
わたしから放たれるトビウオの群れを
満月が見下ろしている
孕むための暦が手渡されていく　覚

「52も左脳的だと思いますが」とか何とか言ってから書き始めました。わりと執念深い（笑）。「生まれるものだ」「待つことを知らなければならない」のフレーズが、月の引力と魚の産卵のイメージを引き寄せました。

54

子を流す
いのちの川が死の川へと流れこむのを
遮ることのできる者はいない
流れに浮いている落ち葉一葉
それもいのち

俊

この辺りの前の詩から次の詩への「付合《つけあい》」を、言葉にするのは難しい。詩の言葉は散文の言葉と違って、意識の深いところ、言葉が生まれかかっているようなところから出てくるのが理想だから、言い換えて説明できないのが当然とも言えるだろう。読者が作者には思いもよらない解釈をしてくれるかも。

55

枡かけの手相を見せびらかす女

小さなマス目の手相を握る男
青空だけがひらきなおって
ありのままで　覚

「落ち葉」と人の生き死にから、葉っぱになぞらえた掌の上の人生地図を連想して「手相」。一行目枡かけ女はまさしく私のことで超強運の珍しい手相だと聞いています。ふっふっふ。片や親指の内側に小さなマス目がたくさんあるのは細かすぎる神経の持ち主なんだそうです。

56

青空が隠している夜の星々
青空の幕が上がるとあらわになる宇宙の奥行き
どこまでも行きたいと夢見るヒトの野心を
文学は笑うが科学はあくまで生真面目　俊

手相を見てもらうのは、日常からのちょっとした逸脱とも言える。不可知の何かに触れることを、人は恐れつつ楽しんでいる。

57

科学という名前の宗教がある
現代詩という信仰も
わたしたちにはただ伝え合うためのyesがあって
余った時間には
歌をうたっていたいだけなのに　覚

「科学」について詩にしたいと思っていました。現代詩が何としてでも「肯定」には向かわないぞと決めているように見える、そのことに疑問を持っています。詩は祝詞から派生したというのに。こりずに「歌」が出てきているところを見ると、よっぽど歌を愛しているもよう。

58

晴れた午後の雑木林にいると
言葉やメロディになる前の歌が
いたる所にひそんでいると思うのだが
その未生の歌が人の心と手を経ると

似ても似つかぬものになるのはどうしてなのか　　俊

「伝え合うためのｙｅｓ」がデジタルになってしまっているのが現代だ。ｎｏは一義的で固い感じだが、ｙｅｓは包容力のあるアナログな感じ。

59

シリウスでやっていた人生では
延ばしたA音に
「愛してる」の意味も
「愛しつづけたい」の意味も
「愛したことがある」も
「もっと愛せるだろう」も　のせられた
思い出せたら生き直せることがある
封印を解くように　　覚

「言葉やメロディになる前の歌」は何だろうと考えて。言語以前の言語ということについて考えるのは好きなのです。声マニア。波動フェチ。

60

子どものころアイウエオは学校言葉だった
それがカタカナでもひらがなでもない
母のコトバの始まりになっていま
私を三千世界の入り口に導く　俊

日本語の五十音が「あ」と「い」の音で始まることに、私は何か神秘的なもの、ある啓示のようなものを感じている。「挙句」ならぬ「挙詩」は開いて目出度いものを良しとするのが習慣だ。

あとがき

対詩や連詩は、相手の繰り出す言葉に応じていく軽やかなダンスです。間合いを取ったり縮めたり、イメージを受け止めたり交わしたり、という気のやりとりは、ふだん創作の孤独の中にいる詩書きにとって、ひとつの風穴を開ける遊びでもあるでしょう。

「対詩に向いている詩人」を自認する谷川俊太郎さんと二人、時々は勝ち負けの気分を味わいながらも、こんなこともできる、あんなこともしてみようとアイディアを出し合い試していった様々な形式の対詩が、こうして一冊の本にまとまることはこの上ない喜びです。

特にライブ対詩は、ステージ上の書き手の推敲の過程まで観客に投映して見せてしまおうという世界初の試みでした。ほとんど即興創作に近いこの企ては、表現者の自意識の束縛への挑戦でもあり、相方、現場（で起こること）さらには自分と世界に対する深い信頼を問いかける機会でもありました。
ほとんどの人にとって詩は無くても生きていけるものの筆頭でしょうが、詩の行間に存在する響きのような見えない何かは、日々を暮らすことの隙間にふるえている精妙な「法則」と同じものだと私は考えます。かすかな呼吸に感覚をひらいていくことが、実は生きることの真実に直結している、そのことを私は疑いません。

最後に、この企画にお付き合いいただきライブ等の制作を担当してくださったoblaat（オブラート）、テクニカルスタッフ深堀瑞穂さん、d-labo、スパイラルカフェ、ライブハウス〈晴れたら空に豆まいて〉の皆さま、そして編集を担当していただいた川口恵子さん、村井光男さんに心からお礼を申し上げます。

覚 和歌子

初出一覧

両手のひらの星くず　二〇〇八年六月十九日〜二十八日　@渋谷　華泰茶荘　他
（初出ライブ　@山梨県立科学館　二〇〇八年七月五日
映画「ヤーチャイカ」上映会イベント）

産声にひそむ暗号　二〇一六年一月十七日〜　メールにて

書きかえられた水平線　二〇一一年九月十六日　メールにて
（初出ライブ　@横浜港通称象の鼻パーク　二〇一一年十月九日）

螺旋の眩暈　二〇一五年十二月十六日〜二〇一六年一月十八日　メールにて

対詩リハーサル（座談2に収録）　二〇一五年四月五日　※本番前のシステム確認のために制作

一行対詩（座談2に収録）　二〇一六年七月四日　@八ヶ岳アトリエ

駒沢通りDenny's Ⅰ　二〇一六年五月二十七日　@駒沢通りデニーズ

駒沢通りDenny's Ⅱ　二〇一六年六月七日　@駒沢通りデニーズ

ライブ対詩・封印を解くように（全六回）

1　二〇一五年四月五日　@六本木「d-labo ミッドタウン」

2　二〇一五年六月十五日　@六本木「d-labo ミッドタウン」

3　二〇一五年十二月十日　@青山スパイラル「アンクルハット」

4　二〇一六年九月二十四日　@代官山「晴れたら空に豆まいて」

5　二〇一六年十二月五日　@代官山「晴れたら空に豆まいて」

6　二〇一七年一月七日　@代官山「晴れたら空に豆まいて」

覚 和歌子（かく・わかこ）

山梨生まれ、千葉育ち。早大一文卒。大学卒業と同時に作詞でデビュー。のち平原綾香、クミコ、ムーンライダーズなどに多く作品提供。二〇〇一年、映画「千と千尋の神隠し」の主題歌「いつも何度でも（作曲・歌唱／木村弓）」作詞で日本レコード大賞金賞。詩集『ゼロになるからだ』（徳間書店）、『はじまりはひとつのことば』（港の人）をはじめ著作多数。また音楽家として四枚のフルアルバムがある。（最新作は「cidre」／モモランチ二〇一七年九月）。映画製作、舞台演出、米国大学での講義など、詩作を軸足に活動は多岐にわたる。

谷川俊太郎（たにかわ・しゅんたろう）

一九三一年東京生まれ。一九五二年第一詩集『二十億光年の孤独』を刊行。詩作のほか、絵本、エッセイ、翻訳、脚本、作詞など幅広く作品を発表し、近年では、詩を釣るiPhoneアプリ『谷川』やメールマガジン、郵便で詩を送る『ポエメール』など、詩の可能性を広げる新たな試みにも挑戦している。小社刊行の著書に、『生きる』（松本美枝子との共著）、『ぼくはこうやって詩を書いてきた　谷川俊太郎、詩と人生を語る』（山田馨との共著）、『おやすみ神たち』（川島小鳥との共著）、『あたしとあなた』がある。

対詩　2馬力

2017年10月15日初版第1刷発行

著　者　谷川俊太郎　覚 和歌子

編　集　川口恵子
校　正　牟田都子
装　丁　大島依提亜

発行人　村井光男
発行所　ナナロク社
〒142-0064 東京都品川区旗の台4-6-27
電話 03-5749-4976 FAX 03-5749-4977
URL http://www.nanarokusha.com
振替 00150-8-357349
印刷・製本　中央精版印刷株式会社

ISBN 978-4-904292-73-0 C0095

『対詩 2馬力』特別付録冊子

「ライブ対詩」ができるまで

松田朋春

谷川さん、覚さんとは、もともとoblaat（オブラート）という詩のレーベルを通じた知り合いです。oblaatは「詩を本のそとにひらいていくこと」をコンセプトにしていて、これまでは詩とプロダクトを掛け合わせた製品づくりや、詩人を招いた朗読イベントや、ファッションブランドとコラボしたショップでのインスタレーション、美術展に招かれての作品発表などをしてきました。詩の同人組織のようでもあるのですが、プロジェクトごとに様々な詩人に参加していただいています。谷川さんはそもそもoblaatの立ち上げメンバーの一人ですし、覚さんも固定メンバーのおひとりです。

その谷川さんと覚さんから、対詩を、ライブでやりたいというお話が持ち込まれました。アイデアを聞いたのは、おそらく二〇一五年のはじめか、前年の年末かくらいだったような気がします。

お客さまの目の前で詩をつくるというわけです。お蕎麦でもまぐろの解体でも、実演は美味しそうに見えるからいいのかな、と思いさっそく手配にとりかかりました。

まず会場です。

本に囲まれた空間、というのが覚さんのリクエストで、するとあそこだということで、六本木・スルガ銀行ミッドタウン支店のd-laboというコミュニケーションスペースにお願いをしに行って、ご快諾いただきました（スルガ銀行ミッドタウン支店の皆様、誠にありがとうございました）。

そこには、大きなスクリーンを中心に素敵なチョイスの本棚に囲まれた五十人くらい入れる会場があって、まさにライブ対詩にはうってつけの空間でした。
この会場では、第二回の時もご協力をいただきました。この頃にライブ対詩のシステムが構築されていったので、d-laboはライブ対詩にとっては生まれ故郷のような場所です。

ライブ対詩の初回は、二〇一五年四月五日でした。この会はベータ版みたいな位置付けで、非公開にして身近な人を招待して開催されました。ちょっと慎重だったのです。谷川さん、覚さんにとってもチャレンジであったのだなと思います。

初回のライブは、スクリーン上のひとつづきのテキストを交互に書き合う現在のシステムができていなかったので、それぞれがローカルで書いたテキストをUSBメモリーにコピーして、それを私が送出用コンピューターに手運びしてくっつけるという、なんとも原始的な方法でした。いろいろと確実性を考慮した結果です。

やってみるとこれがなかなか厳しくて、ライブ感も出ないし、客席にも「もっとましなやり方があるんじゃないの?」といった空気があって、詩が微妙に入ってこない感じ。谷川さんは段取り間違えて覚さんにしかられちゃうし。

それでもはじまってしまえば、準備していた「おこもり部屋」(人前で書けなくなった時に一時的にこもるための別室を用意していました)に行くこともなく、良いリズムでキャッチボールは進んだと思います。

客席とのやりとりもよかった。これは谷川さん、覚さんだからできたことかもしれません。ライブ対詩はお客さまとの距離感がカギで、変な言い方ですが、詩の一ブロックごとに客席に納得してもらいながら進むような雰囲気があります。これって、谷川さん、覚さんが詩を書く時の読者への意識がそのまま出ていると思いました。

さて、ここで登場するのがライブ対詩第三の男・システムデザイナーのスタッフMiこと深堀瑞穂さんです。

深堀さんは、音楽アレンジャーでデジタル周りに強く、谷川賢作さん公式サイトの運営をやっていて、oblaatでも何かとお手伝いいただいている頼もしい人です。

初回のライブ対詩は二人の詩人の実力でなんとか乗り切ったとはいえ、詩人の間をメモリー持ってウロウロしている人がいるようなステージはありえないということで、ちゃちゃっと(それなりに大変だったみたいですが)システム開発をしてくださった。そして現在のスタイルができました。

ライブ対詩をシリーズで実施するかどうか、初回終了時にはまだ方針が決まっていなかったのですが、その後に続いたのはシステムの問題が解決したことが大きかったと思います。なので、ライブ対詩が続いて、このような本ができたのは、ひとえに深堀さんのおかげではないかと私は考えています。

以降、ライブ対詩の経緯を辿ってみます。

〈2015〉
Vol.1　4/5（日）@d-labo ミッドタウン（非公開）
Vol.2　6/15（月）@d-labo ミッドタウン
Vol.3　12/10（木）@スパイラル「スパイラルルーム」
〈2016〉
Vol.4　9/24（土）@代官山「晴れたら空に豆まいて」
Vol.5　12/5（月）@代官山「晴れたら空に豆まいて」
〈2017〉
Vol.6　1/7（土）@代官山「晴れたら空に豆まいて」

対詩の取り組みを谷川さんと覚さんがずっと続けてきたことについては、私はあまり知りませんでした。場にひらいていながら緊張感を保つためにはルールが大事で、現在の「五行程度を交互に、三十六ブロックくらいを目安に」というスタイルは、大岡信さん、谷川さんらが連詩の試みを通じて行き着いたものらしいです。

ライブ対詩も連詩のひとつの形式として考えてみると、ディスプレイの共有を通じて観客も交えてライブで創作を行うという、歴史的にも新しい方法を開発することができたのではないかと思います。

ライブ対詩では、詩人は漢字変換すら観察されながら詩を書き、自分の書いた数行をその都度解説し、または相方の作詩を実況中継し、合間に観客の質問に答えて会場の空気をつくり、自分の番が来たら即座に作詩に戻るという荒行をしています。

お二人の雑談はそれぞれ面白いので、作詩中の相方にとっては試練でしょう。谷川さんなんかほとんど覚さんのはなしを聞いてるし。ちょっと余裕がありすぎです。

そこで気づくのは、詩をつくることは非常に集中力を要求する最上級の自己表現みたいに思えるけれど、むしろ何かしながら、自分への監視を弱めたほうが言葉が自由に出てきてくれるというような、言葉そのものに対する信頼感が、谷川さんと覚さんにはあるように思います。

連詩や対詩は、いわば自分が言いたいことを言えなくする工夫です。なにしろおしゃべりの途中で、他人にそれを譲ってしまうのですから。そのかわり、ひとりでは言えなかったことのほうに言葉がひらかれていきます。

ひらかれた言葉あそびということでは、そもそも連歌の伝統があります。連詩も対詩も、その伝統に連なっているわけです。日頃はコミュニケーションの手段であるところの言葉を、場にひらいていくことで自由にさせる。それは言葉を、自立した生き物のように扱って際限なく複雑にふるまわせるための楽しい技術です。

このように様々な気づきをもたらしながら続いたライブ対詩は、特にシリーズの後半、代官山のライブハウス「晴れたら空に豆まいて」に会場を移してからは、会場のもつ独特の雰囲気もあり客席との一体感も増してきました。

実際、谷川さんが観客に言い回しを相談するようなシーンもあったりして、観客を交えて遊びと創作とが連続しているムードになってきました。

ライブ対詩を続けてきたことで、「対詩」であることと「ライブ」であることの両方が、最終的に本当にうまく成立したなあと感心してしまいます。

さて、それで、このライブ対詩ってこのあとどうなるのでしょう。谷川さんと覚さんはシーズンIIを始めるのかな。なにしろシステム開発済みなんだから、これでおしまいということはないはず。

対詩は二人でやるもので、それは連詩のようにグループでやるものとはかなり違っています。そこには、その二人が合成された人格がかなり色濃く現れてきます。つまり、だれとだれとのセッションであるかが大事。おそらくそこが面白い。

ということで、oblaatとしては、あちこちでライブ対詩が同時に行われているようなイベント「対詩パーク」を目下企画中です。

松田朋春（まつだ・ともはる）
1964年生まれ。ワコールアートセンター／スパイラルシニアプランナー。立教大学、多摩美術大学、横浜商科大学非常勤講師、グッドデザイン賞審査委員を歴任。詩を本の外にひらくデザインレーベル「oblaat（オブラート）」、アートフェスティバル「道後オンセナート2014」、日本の優れた工場と協働して商品開発する「典型プロジェクト」など幅広いプロデュースをおこなう。著書に『エアリアル』（ポエムピース）他。

ライブ対詩、
その周辺とかその辺のそのあたり

スタッフM《エム》i《アイ》

はいはい〜！

念のためもう一回はいはい〜!!

っていうかこれもうね、どっからお話ししていいかがまず問題でこういうことって何がきっかけでこうなったか話し出すとあれも関係あるしこれも関係あるしっていうかそもそもこれを話すとなればあの一件を話さないとっていうかまず元はと言えばそっちが悪いんだし！みたいな、ね？当事者同士にしかわかんないことだらけ過ぎてもう第三者に経緯の説明のしようがないこと、ありますね？　あるんですね。

　いままさにその状況なんですけど、とりあえずライブ対詩のシステム担当として覚えてることを覚えてるだけ覚えてる限りものすごい端折《はしょ》りつつお伝えしますがわりと意味不明なとこは詩だと思っていいので各自独自の解釈でお楽しみくださいね〜。

　で、まず、なんでスタッフMiがライブ対詩のシステム担当になってるのかというと一回目のライブ対詩がきっかけだったと思います。

　その時スタッフMiは現場撮影係、松田朋春さんがMC？オーガナイザー？雑用？とにかくそんな感じで俊太郎さん&和歌ちゃんコンビの間に入ってUSBメモリを介してやりとりしてたんですね。それはそれで見てて面白かったもののこのやり方だといまいち流れが悪い&oblaat（オブラート）としてはできれば見た目的にももうちょっと洗練したいということもあり、だったら一台ファイルサーバを作って共有すればいいだけだし簡単だからセッティングやりますよ〜と、USBメモリのやりとりだけ省くつもりで引き受けたのが対詩システムの始まりってことになると思います。

　その後、もともとの案としては詩を生で書くだけじゃなく「漢字変換してる過程」も含めて全てを包み隠さず「リアルタイムで」見せたい、つまり是非とも公衆の面前で全て丸出しにしたいと、そういう案だったことが判明。

　いや〜それ面白い、絶対面白いです。ていうかそんなこと俊太郎さんと和歌ちゃん以外たぶん絶対嫌がるからそれ絶対やりましょう。方法は大丈夫ですスタッフMiが来たからにはもう安心して大丈夫ですマジで。

　突然ですがこの後の試行錯誤の全てに関わることなので

大前提として二人の入力方法が違うこと、

・俊太郎さんはローマ字入力

・和歌ちゃんはかな入力

　これ絶対覚えといてくださいね。もし忘れたらまたここ見てもいいです。なにしろ重要事項なんでこれ忘れると大変です。

　と、この時点ではそんなの簡単だし。市販ソフトにも共同編集みたいな機能あるけど、あれがまさにそれな気がするし！　それなら入力方法切り替えもしなくていいし。とか思って安請け合いして大船に乗せて帰ってきて一応念のため実験してみるとええっできない……。

　いやもう外出先から録画予約できるＨＤＤレコーダーとか飲む時間推測して勝手に淹《い》れてくれるコーヒーメーカーとかある時代にそんなこともできないとかものすごい意外過ぎ……。

　これほんとにコンピュータですかねこれね？　魚焼き器とかじゃないですよね？

　意外過ぎてちょっと事態が把握できませんがとにかくできない。なにができないかというと「漢字変換してる過程」を「リアルタイムで」見られないという衝撃の事実。

　なんとかならないですかとか話だけでも聞いてくださいとか言っても無駄、できないものはできない、ダメなものはダメな模様です。確かに、無いものは払えない、ほんとそう、それよーーくわかります。

　ていうかね、確定結果をリアルタイムで反映するだけならどんなソフトでも普通にできるし共同編集自体もできるソフトやサービスはいっぱいあるんです。しかし、だがしかし、肝心の「漢字変換してる過程」を「リアルタイムで」見せるのがどうにもできないんですね。よく考えたら共同編集するときでも変換過程は見せる必要がないっていうかむしろ余計な部分は見えないほうがいいので丸出し機能がついてないのも納得の仕様です。

　ともかく安請け合いした以上この場合なるべく平静を装って次回ライブ対詩までになにかをどうにかしてなんとかせざるを得ないんであれこれ散々試した結果サーバ上のファイルにそれぞれの端末から書き込めば……で、できた……！　全て丸出し！

　いや〜、ほんと一時はどうなることかと思いましたが人生どうにもならないこと以外は案外どうにかなるもんですみなさま。案外いける。

　ちなみにこの場合二人が操作するのはサーバの中の一つのファイルなので入力方法の切り替えが必要になります。

　ところが、ところがです。あんだけみなさまにこれ重要だから覚えといてと言ったスタッフＭｉ、あれこれ散々試してる間に和歌ちゃんがかな入力だったことをすっかりあっさりすっぱり全て全く完全に忘れててですね、それに気づいたのが二回目のライブ対詩本番の直前。

みなさまおそらくいま入力方法なんかどっか設定で切り替えればいいだけだから簡単じゃんと思ったはずですけどスタッフMiとしては画面には詩以外のものは出したくないんです。なんか見せたい人とか見せたくない人とか見たい人とかいてややこしいですがとにかくそこをなんとか解決すべく試行続行。

入力方法は通常一人で両方の入力方法を切り替えて使うことはまずないせいか、少なくともOSX10.11.xの場合この切り替えがキー一つで簡単に切り替えられるようになってないのが問題です。

なぜ問題かというと詳細がーーーっと省きますが要するに手間が増えるとスムーズな進行を妨げるっていうか二人が誤操作しそうで（スタッフMiが）焦る、ここに行き着くわけでそれだけはなんとしても避けたい事態です。

で、スクリプト作って一発で切り替えようと頑張るもののそのものズバリのコマンドがあると思ったらこれがなかなか見つからず、もうほんとあちこちあれこれそんなこんなしてなんとか望みの動作をする感じまで持っていくことに成功。エラー処理してないけどとりあえず文字入力だけなら誤操作の心配もないしまず大丈夫かな！

と、やや自分に言い聞かせつつ俊太郎さんは書く前にF11、和歌ちゃんはF12を一回押してと伝え無事突入したはずの本番の途中、あろうことか俊太郎さんに数回トラブル発生。

その都度再起動してなんとか終演した後あれやこれや原因の見当つけながら思いつくことやっても症状再現せず、「和歌ちゃんにもトラブル出るならわかるけどそうじゃないしマジでなんでそうなるかなー」と、「かなー」の「なー」のとこでF11長押ししたらなんと一発で症状再現。

いや〜これは完全に盲点ですこれ思いつきもしなかったのが悔し過ぎ。一回押すって言ったらそうか〜俊太郎さん一回長押ししてたんですか〜。いいんですよ大丈夫ですスタッフMi全然怒ってないしほんと全然。だって俊太郎さん押したのちゃんと1回だけだし完全に合ってるしほんと怒ってないし。

そして三回目、今回は長押し対策済みしかも切り替えキー押下で自動保存までされる親切設計。完璧過ぎてやや自分が怖いです。なんかここまで有能だとこのぶんで行くと未来は大富豪になってしまう予感満々。

と、本番に臨んだものの今回は俊太郎さんが書くとこが見えないというトラブル。

なになぜなにによって見えないのか常人には想像すらできないあたり、俊太郎さんかっこ良すぎです。

ともかくなんかよくわかんないけどとりあえず再起動したいもののそうすると使える状態になるまで結構な間が空くんでどうしようと思ってるとなんと和歌ちゃん、急遽お客さまとご歓談を始めてくれてぐおおおおありがとうございます〜！　はい即刻再起動!!　いやー、一時はスタッフＭｉ場つなぎで歌うか踊るかしないといけないかと思ったけど早まらなくてよかったです。

だいたいあれですね、こういう場合俊太郎さんなぜか余裕で辺りを見回したりしてもうね、すごい気楽そうにしてるわけですがその気持ちスタッフＭｉもよくわかります。駅の改札でSuicaの残額がなくて流れを止めた人の直後の人的な余裕的ななにかあるいはＡＴＭで後ろにものすごい並んでるのに操作間違ってやり直してる人の次の人的な優越的ななにかに非常に近いなにかといえばみなさま瞬時にご理解いただけると思います。

そんなこんなのあれこれ諸々、その後も小さなものから大きなものまで回ごとに新種の問題はあって、和歌ちゃんの漢字変換ができなくなるとか変換候補が空白（でもなぜかそのまま書いてる）という謎とか、あとなんだっけな、相手が書いてる時は（安全策として）Ｍａｃに触らないように言ったにもかかわらずなぜか俊太郎さんは和歌ちゃんが書いてるとファイル整理を始めてしまう不思議とかスタッフＭｉのメイン画面に四角い空白が出て消えないのもあったしその他表には見えないトラブルもいろいろとあったけど、ひとつトラブルの要因わかりました。

俊太郎さんのＭａｃのメモリ量をなんとなく確認したらなんと2ＧＢしかないのを確認。２ＧＢって何ギガだっけと思うくらい少ないですが、それでよく動いてましたね。で、買い換えをすすめて臨んだ六回目、おおお順調順調、でもいままでの対策の苦労の立場は……。

てなことでライブ対詩は対詩そのものの面白さはもちろんですが毎回どんなトラブルが起こるのか、果たして次回解決できてるのか、そのへんも楽しんでいただけるとってもお得なイベントと思っていただいて間違いありません。

スタッフＭｉ（スタッフエムアイ）／深堀瑞穂（ふかほり・みずほ）
oblaat スタッフとしてはイベント撮影とoblaatサイト管理を担当してたつもりが気付いたら対詩システム関係も担当。編曲家・写真家・谷川賢作サイト管理者その他あれこれ人知れず活動中。なんだけどあまりに人知れず過ぎだしもうこのままどう書いてもふ〜んとしか思われない経歴で人生を埋め尽くしたいです。http://fukahorimizuho.com/